作者胡叔异 1946 年 (48 岁)
摄于美国 马一平翻拍

胡叔异肖像

摄于 1948 年

胡叔异夫妻合照

胡叔异与他的三个大孩子，摄于上海 30 年代

胡叔异全家福，摄于上海 30 年代

胡叔异全家福，摄于上海 30 年代

胡叔异妻子与孩子合影

胡叔异全家福，摄于上海 40 年代初期

胡叔异家人合照

胡叔异的三个大孩子

战后西游记

胡叔异　著

纽约新世纪出版社
2019 · 美国

出 版 人：洪君植
责任编辑：纽约桃花
装帧设计：龙雁翎

战后西游记

出版： 纽约新世纪出版社
New York New Century Press Inc.
印刷：UCHFPQ Inc.
版次：2019 年 09 月纽约第一版；第一次印刷
定价：19.00 美金
国际书号 (ISBN)：978-1-64083-126-1

《战后西游记》再版序

《战后西游记》是我的爷爷胡叔异于民国三十七年（1948 年）在上海正中书局出版的一本小册子，收集了他在上海各报刊杂志上撰写的关于他在欧美旅行的见闻。此书由胡叔异的校友，民国教育家吴俊升作序后结集出版。

胡叔异是民国教育家陈鹤琴的学生，毕业于国立东南大学教育学院（后又改名为国立中央大学、南京大学），当过暨南大学教授，做过申报的编辑，1945 年去欧美考察教育，后入美国哥伦比亚大学攻读教育学，获硕士学位，归国后任上海教育局专门委员会委员，以及上海新陆师范学校校长。他曾被誉为上海的儿童教育专家，出版了一系列的关于儿童教育的书籍如《儿童的新生活》、《英美德日四国儿童教育》等。

胡叔异与吴俊升两人年龄相仿，交往甚深。两人作为大学校友，在民国政府教育部工作过，曾经一同前往美国考察。1949 年，两个人做出了不同的选择，影响了彼此以后的人生。吴俊升前往台湾，在台湾教育部工作，退休后移居美国，于 2000 年过世。而胡叔异则选择留在上海，在例次的政治运动中受到不断的冲击，于文革中去世。两个曾同为上海教育家和文人的朋友，留给后人的合作只有这本《战后西游记》，记录了他们曾经的交集。我常想，如果胡叔异没有选择留在上海，那么他可能会像吴俊升一样，继续做他所热爱的教育事业，接着撰写出版关于教育的书籍，那么他的后半生将学以致用，呈现出完全不一样的结局。

胡叔异一辈子生活在上海，与生活在北京的我们家来往不多，因此不管是他生前还是死后，我对这个爷爷一点都不熟悉。虽然，我也知道一些他的生平，但是我对他最具体的了解还是通过这本《战后西游记》中的文章。他的个性和感情通过他的文字传递给我，尽管中间隔着好几个世纪，我还是能够感受到他曾经经历过的人生对他的启迪，以及他对纽约和上海的感受和感情。文如其人，通过他的感性文字，我了解了生活在上海1949 年前的爷爷，与我后来对他的认识似乎相差甚远。

前两年，根据我母亲的片段讲述，以及他弟弟胡昌治的手稿，我曾经写过一篇关于他的往事记录发表在台湾《传记文学》上。这篇文章被胡叔异的小儿子，我的小叔叔胡思颐看到后非常不满，他觉得我歪曲了爷爷的一些生平经历，要求我再版时重新更正。因此，在这篇序言中，我觉得要重新简述一下胡叔异作为一个教育家在 1949 年前后的人生轨迹，还给他一个公正的叙述。

胡叔异继承了他父亲，江南大儒胡石予的教育家衣钵，在清朝宣统年建立，并于 1948 年停刊的《教育杂志》上连续发表了近二十篇关于美国教育教材以及中小学教育的专著，成为了一名儿童教育专家。在三、四十年代的上海，我爷爷就开始对自己的五个孩子的教育采用了他一向推崇的西方教育方式，对孩子们温文尔雅，耐心启发和诱导，从来不曾因为他们的各种错误而发过脾气，从而，给了他孩子们一个很宽松自由的成长空间，也养成了他们比较温和谦良的个性。回头看来，他的孩子们的这种个性在以后的政治运动中拯救了他们，这一点也是他不曾预知的。从这一点来说，他的小儿子至今对他父亲的教育方式赞赏有加。

1949 年，在国民政府工作的胡叔异也收到了两张前往台湾的船票，但是被我的奶奶拒绝了，其原因要回溯到抗日战争时期。上海沦陷后，我爷爷为了拒绝日本伪政府人对他的威逼利诱，带着奶奶，怀抱着尚在襁褓中的小儿子，转辗过香港、越南和云南，前往国民政府所在的重庆。当时，为了能够顺利抵达目的地，他们不得不把其他的四个孩子留在上海。后来，他们托人安排远未成年的我父亲带着两个弟妹偷偷离开上海前往重庆相聚。因为我的小姑姑年纪尚幼，无法跟着哥哥姐姐们一起偷渡，被留在了亲戚家。抗战结束，我爷爷和奶奶带着全家重新回到上海，才见到分别多年的小姑姑。因为分别的太久，我的小姑姑已经认不得母亲。对于视她的孩子为珍宝的我奶奶来说，骨肉的分离给她留下了内心的创痛，她发誓再也不让自己的孩子与自己分开。因此，当她得知我爷爷只有两张船票前往台湾的时候，她拒绝离开，她不想再经受一场骨肉分离的打击。

1949 年后，在五十年代的三反五反运动中，胡叔异也遭受了打击。因为他曾经在国民政府教育系统工作过，以及担任上海新陆师范学校校长期间，被怀疑向国民党告密学校的地下党（后经查告密者为学校教务长）等原因，被抄家，房产也被没收。随着胡叔异的妻子，我的奶奶突发脑溢血去世，惊吓之下，胡叔异焚烧了大量的旧日与国民党要员合照的照片，蒋介石的签名照、信笺和他师传其父、墨梅大家胡石予所画的梅花图等古迹。如果不是我的小姑姑发现，当场抢下来几张家庭合影，胡叔异家族成员的过往形象就将荡然无存。

大环境的巨变导致他个人小环境的变化。太太去世后，胡叔异两次娶妻，希望能过一个安宁的日子。然而这两次婚姻均以失败告终，如同他曾经风华正茂的事业，随着时光的流逝而消失无遗。1972 年，在上海文革时代，胡叔异去世，终结了他曾经被誉为上海教育家的一生。这本由当初上海正中书局出版的《战后西游记》成为了胡叔异一生中的最后一本著作。最初，他计划将他的欧美之行写成上下两册，没想到，1949 年的到来让在思想改造的政治运动中措手不及的胡叔异再也没有机会完成他当初的夙愿。

今天，世界已经因为科技的发展而彻底改变，全球旅行变成了大部分中产阶级的生活常态。然而，在七十多年前的上海，它却仍然是大部分国人的梦想。当时，虽然很多知识分子都远渡重洋去美国留学，但真正著书描述欧美社会以及生活方式的人士还寥寥无几。可以说，自清朝张德彝那浮光掠影的《欧美环游记》以来，《战后西游记》是第一本实地微观考察英美社会和人文的游记。 在这本书里，胡叔异细腻入微地描写了一个上海知识分子眼中的二战后的英美两国，以及纽约这所世界大都市与上海那个远东第一城市的人文差距。在 1948 年的上海，《战后西游记》成为了一本让国人近距离观看欧美人文和生活百态的私人游记，在上海《新闻报》的「新园林」专栏上连载以来，获得了广大读者的喜爱。从胡叔异这样一个上海教育家的视角上来看，他最初因公派去欧美进行教育考察，而出人意料地观察到英美社会的各种新奇事物，引发了他这本书的诞生。胡叔异在这本书里描述了他当年参观美国国会图书馆的经过，他当时绝对无法预想，他的这本由上海正中书局出版的版本也被收录在美国国会图书馆以及美国几所常青藤大学图书馆里。值得一提的是，当初邀请胡叔异在沪上两大名报之一的《新闻报》（另一家为《申报》）上发表游记的副刊主编严独鹤先生也是上海的知名媒体人和作家。他与胡叔异均为上海《星社》会员。在 1949 年这个历史节点上，严独鹤与胡叔异一样选择留在上海。解放后，他筹办了上海新闻图书馆，并担任了上海图书馆副馆长。不幸的是，严独鹤于文革正如火如荼的 1968 年在压抑的政治环境中因病得不到相应的治疗而去世，比我的爷爷胡叔异不过提前了四年。

继 1948 年的繁体竖排版之后，此次在美国再版《战后西游记》的简体版是为了让胡叔异的遗作在 21 世纪得以重见天日，便于对民国历史文化有兴趣的读者了解一下上个世纪四十年代末期一个上海知识分子对英美社会的“观人于微”的记录。当年，胡叔异期望能够继续撰写，最终出版上下两册书。虽然，他的愿望因时局的改变而无法实现，此次再版他在七十一年前出版的著作，也算是替他还愿的一种方式。

胡桃

2019 年 9 月 9 日于纽约

吴序

胡叔异先生以战后西游记交本局印行，余获先观之快。胡先生奉派出国研究教育，余滥竽部曹时实主其事。及其由英抵美，余已先在，曾共遊观之乐。以此双重因缘，胡先生于斯书付梓时，嘱并数言，其何能辞？余读此新西游记，深觉趣味横生，引人入胜，其文学价值殆可与旧说部西游记相比拟；而一则纪实事，一则驰还乡，论实际贡献，则新游记犹胜旧说部也。自海通以来，国人橐笔遊英美，观风问俗，归而有所述作者，何虑千百数。而其观察深刻，描述生动，使读者读其书，想象其境其事，仿佛如置身英伦三岛与新大陆者，则以胡先生此作为首屈一指，此可乐为称道者也。抑犹有进者：世人方侈谈“美国世纪”，但于美国人之精神，多仅知其尚民主而不知其崇纪律；仅知其耽逸乐而不知其勤工作；仅知其骛新奇而不知其重实际，知其偏而不知其全，又从而效之，其弊害殆不胜言。胡先生于日用生活及遊观宴乐之间，观察美国人而得其真精神，记之于书，其有裨于国人对于彼邦之正确了解者，实非浅显，此则尤为难能可贵者也。斯书所记，曾分日在新闻报刊布，已深受读者欢迎。兹刊为专书，其不胫而走，盖可预卜，故乐为数言，以并其端，并以为余同游之纪念云尔。

三十七年四月

如皋吴俊升序于正中书局

自序

这一本小册子，完全是周游世界时的记录，没有一定的规律，也没有依照着时间逐日写述，只凭一时所见到的想到的新奇而有趣味的东西，收集成文，所以只是无规律的随笔而已。

此次出国，本是奉命考察教育，想不到英美社会供给我如许多新奇材料，一年多的游历，甚至有十年也写不完的回忆，种种五花八门，蓄积在脑中的印象，极愿意介绍在国人的面前，因此除了写述考察教育的专论以外，更引起我写述本书的动机，并承各报章杂志的编辑先生们，邀我写述英美的观感，陆续在新闻报的新园林，中报的春秋，旅行杂志及京沪周刊上发表，其中较有系统的是每日刊载在新园林的战后西游记，现蒙正中书局总编辑吴俊升先生的协助，把各报各种杂志已发表的收集整理，出版单行本，仍以战后西游记为名，以后仍拟续写，预算大概可出版上下二册。

本书的完成，首先要谢谢严独鹤先生每日在新园林供给宝贵的地位，以及各杂志编辑先生们的合作，又承老同学吴俊升先生再百忙之中，为本书作序，仅在此一并致谢。

在这里，我不想再多作介绍，书中会告诉读者们更多的东西，不过有一点希望读者们赐予帮助的，就是本书只就个人的观察、感想所及，难免有疏误的地方，敬请不吝指教。

三十七年四月于上海

目录

寂静的旅行者

我的世界旅行，开始于民国三十年初夏，正当盟国胜利开始，所以在加尔喀答、伦敦、纽约和华盛顿等各大都会，我曾参加过驻外使节的胜利庆祝大会，可算在旅行小史上最值得纪念的一件事。今春回到一别十年的上海，承老友独鹤嘱为新园林写一些海外闻见，因就当时旅行记录中，想到什么就写什么，既没有一定的程序，也不拘事物的大小，中国有一句老格言，说："观人于微"，我经过这次旅行的经验，对于这句格言意义，颇认为可推广应用到国外考察。因此，本篇想多介绍些竹头木屑的细事。

作者在没有出国前，先已定下方针，就是要主动地多走多看。回想十多年前，曾结伴到日本去考察，当时日本对于各国文化人的访问特别注重，凡是中国的知识份子，更要加紧统制，不使你随便去乱走乱看。所以我们一上轮船，东京的日本学会就给你安排好了考察日程，更记得船到神户，就有警视厅派员前来迎接，虽然也有看到听到不少资料，毕竟考察在"御定"支配下，能知道多少真况呢！何况世界潮流，崇尚自由，不民主的强迫参观，怎能比自由自在地做一个寂静的旅行者（silent traveler），来的轻松活动而有意味！

在美国旅行，总要研究一下美国的各州区域，据他们官方正式发表的统计，美国本土划分为三个大地区：第一个叫做北方工业区，这个区域，包括四个小区，就是（一）新英格兰，（二）中大西洋岸区，（三）中央北区，（四）中央南区，这四个小区的范围，拥有二十一州，占全美国本土三分之一的面积，人口总数最多。第二个叫做旧时南方奴隶区域，也包括三个小区，就是（一）南大西洋岸区，（二）中央东南区，（三）中央西南区，这三个小区里共有十六州，和一个哥伦比亚特别区，人口总数轮到第二位。第三个区域叫做西方移民区，包括两个小区，（一）山地区，（二）太平洋岸区，这二个小区，包括十一州，但范围很广，共有三〇八〇三平方公里，面积最大，可是人口密度最小，人口总数当然也最少。我的寂静的旅行计划，希望在全美九个区域的各州中，至少要去游历一州或是二州，因为美国交通便利，结果总算是如愿以偿。

至于我在英国旅行的情形，也做过三个月的寂静旅行者，当时我住在距离伦敦郊外的一个乡村，叫做北林山，（North Wood Hill）每天在北林山一带游览，当和乡村民众来往，看到他们用机器种田，在村庄里莳花卉，剪草地，参加乡村礼拜堂做礼拜，随时和乡村小朋友游玩，参观各式各样的乡村学校，在那些活动中间，也尝到不少寂静旅行的趣味。记得有一次，我去参加当地市民举办的全村秋季儿童集会，看到他们事前商量办法的认真和周密，在筹备会里分配定职务之后，各人切实执行，从不随便。因此我感觉到英国人有二种特点，第一、什么事都看的十分认真，不管公私事项，好像总有“百年大计”的看法，总想“一劳永逸”的设计。这些在英国人各种社会活动中间，随时随地可以表现出来。第二、喜欢研究，很细小的日常事务，一有问题，绝不随便请教人家，总得自己先来研究。我到伦敦寓在一位开古董店的家里，房东先生每天总要和我研究东方的物品，每晚上津津有味地同我谈上一两个钟点。我因为有一个借此练习英语的目的，颇感着兴趣。又有一次，房东的自备汽车，发生了一些机件障碍，在他家的隔壁，就有一家汽车修理公司，但这位房东太太，每天自己练习修理，不肯请教附近的汽车修理行。我看到了有些奇怪，问她为什么不把汽车送到隔壁去修理，她只回答我“有兴趣”。我知道英美人的答语中，提出“有兴趣”，这就证明是最重要的理由，你不应当再追问他们所以发生兴趣的原因，但我当时内心观感，确实佩服他们的研究精神！

加尔各答纪游

几年抗战生活，把每一个大后方的人民，训练得十分吃苦耐劳，当时我们在重庆乡村的生活，已简单朴素化到极点，竟回复到用油盏火，住茅草屋时代！如今有机会出国，到英美去，自然十二分高兴，不过当时从重庆出国，取道印度，只有飞机一种交通工具。因此乘飞机出国，并不是“放洋”而叫做“放空”。记得三十四年的初夏，我从重庆搭中航机飞印度，当日晚七时半已安抵加尔各答（Calcutta）。

加城是在恒河口之三角洲中，靠着恒河入海的支流浩葛莱河（River Hooghly）左岸，是印度东方海口的门户，地位形势，很像我们的上海，面积六十余里，战后人口繁密，不独是印度第一大都市，并且是欧亚两大战场的交通要道。英人统治印度，起初以为首都，后来到一九一一年才把首都迁到德里（Delli），我一踏上加尔各答的土地，虽然在雨季，已感到热带风味！太阳的猛烈，射到身上作刺痛，我在加尔各答为等候飞机，住上十余天，参观的地方值得记述的可列为三。

第一为加尔各答大学，设计之完善，内容之充实，据我所知，中国多数大学，都有些比不上。

第二位印度佛教的圣迹。佛教原是印度产生的，印度可以说是佛教的母国，谁都知道佛教的开创者释迦摩尼佛，他在世八十年，成道说法，亦五十年，所到的地方，非常之多，自诞生以至于涅槃，行住坐卧，处处都成为圣迹。后人均立塔建庙，为之供奉纪念。

但最著名的圣迹有六：第一在菩提伽野（Buddh Gava）即释迦摩尼佛成道处。自加尔各答坐火车前往，数小时即可到。第二个圣地是灵山（Bajgirr Hill）。第三个圣地是鹿苑（Sarnath），玄奘大师说："鹿野伽蓝台观连云，长廊四合。"大约是指此处。第四个圣地是勾尸那（Kushinag）。第五个圣地是蓝毗尼（Rambini）。第六个圣地是舍卫国祇树给孤独园（Sravast）。这许多地方都很遥远，我为时间所限，未能全部参观，颇引为遗憾。

第三是世界著名的植物园动物园及博物馆，维多利亚纪念堂。大约就记忆所及，觉得动物园内，鸟兽虫鱼，飞走潜跃，应有尽有，收罗之富，规模之大，在东方可称第一。植物园中有一奇特之大榕树，远望若伞盖，枝干四出，无数横干排在空中生根，下地复又成干，如此盘旋错综，占地十数亩，生平从未见过，叹为观止。维多利亚纪念堂为英人纪念英女王维多利亚所建，在纪念堂中，立大理石像，威严生动，可知当时英女王之文治与武功。此外印度博物馆，亚细亚博物图书馆等等建筑结构，均极雄伟，收藏亦极丰富。

九月一日应加城总领事陈质平先生邀请，参加胜利庆祝大会，到有各盟国来宾，设中英美法苏等各国酒席，任来宾自己选取，最后并殿以舞会助兴，我以翌晨早机飞英，未终席先行。次晨五时，搭英国海外航空公司飞机飞英，第一天乘的为水上飞机，设备精美舒适，日夜空中旅行，平稳如履平地。第二天起，改乘路上飞机，飞机名达柯搭（Dakota）一切设备稍差，经埃及之开罗，横渡地中海，越马尔他岛及法之马赛，直驱英伦，计时四整天一夜。如此飞行，缩短空间，节省时间，在平时不过便利交通，一到战时，即为胜利唯一条件，海外航空业之发展，必为今后各国竞争之焦点，自无待言。

从加尔各答乘英国海外航空公司（B.O.A.C.）飞机，循印度恒河西飞，第一天是水上飞机，装饰与配备，十分现代化，有精致的房间，有美丽的茶室，旅客座位，尤其舒适，完全流线型装置，弹簧垫可以坐卧两用，再配合了室内的人造空气，和不伤目力的日光灯，仿佛是大旅馆的华贵客室。加以水果点心，一匣一匣的早放好在客人的坐位旁，可以任意取用，可惜我不惯长途飞行，这种好福气，还没有资格享受，坐上飞机几小时后，就有感觉到头晕目眩，华贵的坐位，和精美的小吃，都不感兴趣。但是几位英国武装同志，都是在远东战地奉召回英的，他们兴高采烈，食量既大，腹中正苦没有补充，因此我的一份食品，无条件送给他们做慰劳品，也算是我空中的战地服务！

飞机冲破热浪，一直沿着印度恒河西向，俯视无量数沙，要为着众生庆祝，这是金刚经上有一句“无量恒河沙数身”的来历。我正在感觉头晕眼花，抱头假寐，听到同行的两位先生，正在诗兴大发，唱和甚乐。我一边听，一边想着，你们在几千尺高空中吟诗，真可以说是“高吟”。

宛如初进大观园

经过了五天四夜的空中旅行，穿过最热的非洲，旅客大都感觉身心的疲劳，忽然听到驾驶员报告：“今天可以在英国本土降落，再改乘火车，将进入世界第一大都市伦敦。”我们是怎样的兴奋！一会儿飞机在伦敦数百里外的——Hern机场降落了！一辆很美丽堂皇的接客大汽车，已等候着旅客了。先把我们送到入境旅客检查处，经过了检验身体，检查护照及行李，兑换英币等各种手续，然后再用很漂亮的接客车，当然是英国海外航空公司包定，送我们旅客到伦敦用的。我们依次上了车厢，所有行李和一切物品，旅客不用费心招呼，他们给你一张行李提单，只等候你到伦敦维多利亚车站去领取就是了！我因为退出上海之后，在西南大后方，六七年不乘火车，今天到了英国的头等车厢中，仿佛刘老进了大观园，到处都感觉到新奇有趣。不过在车厢里也发现了许多战时设备，像灯火管制（Black Out）以及一切“莫谈军事”“防卫间谍”等标语，虽然装置得很精美，可是我们看了还能回想到战时伦敦飞弹空袭的可怕。

当时我在车中默想，我从飞机降落到英国本土起，一直到火车向伦敦出发，中间经过了若干次进入英境必要手续，随时随地感觉到英国人的做事迅速，有秩序，有礼貌。一个航空公司的招待员，穿着十分整洁的制服，说上极轻快漂亮的英语，笑容满面，温文尔雅。使旅客们看到了听到了，把所有仆仆风尘的身心疲劳好像服了一剂清凉散，顿时完全消失了！忘记了！你想，这是何等的聪明策略！要争取海外飞英的每一个旅客，先有一种留英的好感！这一套招待旅客方法，也可以说是国民外交的一种姿态！无怪罗斯福总统说每一个留学生都是私人大使！因此我们海外旅行者的动态，更要随时随地，留意到国家体面！这是出国者必须养成的一种习惯，至于英国乡村的优美环境，不但疏疏落落的村庄，从横一贯的道路，整洁可爱，甚至田野林木，也许因为树木栽植合法，与修建得宜，也表现出特殊的美态，毫无荒凉单调的情况！当然“小桥流水”“竹篱茅舍”难得进入你的眼帘，因此想到中国书上的“荒寒”风格，西洋人是不大会有欣赏的雅兴的。

东西两雾都

伦敦是大英帝国的首都，居英格兰（England）的东南，位置在泰晤士河旁（Thames），距离泰晤士河入口处，约有四十多英里，原来的伦敦市，（County of London）范围不大，只有四百五十万人口，后来工商业发达，扩大市区范围，叫做大伦敦市（Great London），有八百万以上的人口。这次世界大战，欧洲各盟国流亡政府集中伦敦，同时因为军事关系，全英各地的人民，都搬到伦敦来参加抗战。

我到伦敦时，据称人口数将近千万，总数超过纽约。中部是商业区，各大百货公司、银行，和各业的交易所都集中在这里。西部是政治区，皇宫、议院，都建筑在这里。泰晤士河南岸是工业区，各种大工厂，多设立在这一段地段，无数的烟突好像树林，把白画熏染成了乌黑的世界！同时为气候润泽，终年温和多雾，常常和工厂中的烟煤混合起来，笼罩全市，所以称为“雾都”。

二次世界大战，全世界都知道的盟国二大“雾都”，当被敌人轰炸，这就是指伦敦和我们的战时首都重庆。当时重庆被日机狂炸，因为多雾多山多防空洞，损失并不重大，就此震动了西战场“雾都”的军政首长，伦敦的参谋部特别派了军工专家，飞到东战场的“雾都”重庆来，实地考察我们的防空洞的设置。在这次二次世界大战中，能吸引英国军事家光降到重庆来请教我们的军事工程设备，也可以说是绝无仅有的事，这就是与“天时”相同，中英两国凑巧大家都有一个“雾都”的天然保卫。

伦敦的君子之风

我在伦敦住了三个多月，大部分时间为参观与旅行。和伦敦人民接触的机会很多，知道他们有礼貌，守秩序，真有谦谦君子的风度，较之战前在上海的英国人，常持手杖打人力车夫，以此作为游戏的那种傲慢举动，有天壤之别。我在印度，有一位武官同我说："英人到印度，组织东印度公司，开发印度，有了成绩之后，就自命不凡，趾高气扬，不但把亚洲人不放在眼里，连自己固有的君子风度，也完全抛弃在一边，所以，我们在亚洲看不到英国人的好处。你现在就要到英国去，却一定会看到真的英国 Gentleman 的态度和举动。在伦敦多住几天，你必然会感觉到伦敦人士，确有君子之风"。

记得我有一次实行"寂静的旅行者"的计划，在伦敦郊区游历，为了人地生疏，几乎做了"迷途的羔羊"，幸有伦敦绅士的殷勤指导，毫无困难。

譬如说：好几次我在伦敦街上行走，稍稍一停，举目四顾，若有所失，迎面来的英人，马上就来问你，May I help you ？意思是"我可以帮助你解决你的困难吗？"我如果要问路或者询问商店地址，他不但指导你如何走法，有时竟陪你同去，这样的热忱，真使你感激。

英国政府现在尽量奖励生产品，选择最好的出品，送到国外去倾销，争取世界贸易权，质地不好的留着自己用。我初到英国，伦敦已发明原子笔，但伦敦市面上却不许出售，大批做好了，先送到美国去倾销。英国人民，尽量刻苦耐劳，从不怨政府，好像每个人民，都知道英国这次大战中损失惨重，尤其在经济方面，先要全国人民紧缩，度过难关，非如此就不足以复兴英国。我和英国人谈话和无线电广播中，常常听到这种论调，是何等深刻的教训。反观我国，个个人只晓得喊“米珠薪桂”，但是细细地考察社会上一切生活，依旧在穷奢极欲中争逐；“国奢则示之以俭”的论调，要被人吐弃为老朽，看到英国人的榜样，实可警惕。

统制物品的严格

依照英国战时规定，外国人一进入伦敦境，必须在二十四小时内，先至首都警察厅“外国人登记处”，办理登记手续，照例呈验护照，经过当面询问之后，付英金一磅，和本人照相二张。第一步领取“外宾登记证”一册，和“临时国民身份卡”一张，然后将这两种文件，到你居住地方规定的粮食办公处，（Food office）领取统制配购证书，（Ration book）有了这本统制配购书，你可无忧衣食了。

住居伦敦的任何人民，倘没有“统制配购证书”，有了钱也买不到任何日用品，因为英国人在战时统制食物和衣服日用品，相当严格，规定每个人的衣服和粮食，有一定的办法。

在英国食物中像鸡蛋橘子苹果等营养品，只准儿童和孕妇配购。服装中除了帽子外，一切都要凭证购买，假使用完了应有的购衣证，就没法再添购。

凡是外来的人民，一到伦敦，如三天内尚未领到上项购物簿及购物证，房东或是旅馆主人就监察你去办理，否则不留你住宿，人民有知识拥护法律，国家的政令，自然容易推行了。而英国在战时物价的平稳状态，不至于上涨，都是严格统制日用品和采取凭证购物所产生的好结果。所以当时我在伦敦，见到英国人着旧衣服的特别多，穿新衣服的就一望而知为初到伦敦的外国人。人民以穿旧衣服为光荣，这也值得我们三思！

伦敦的神秘之街

壁克地广场(Piccadilly Circus)是伦敦最热闹的区域，仿佛纽约的时报广场（Times Square）和上海的日昇楼。在这一段地带剧院、舞场、影院、酒楼、饭馆所有各种现代化的娱乐场所，应有尽有。一到晚上，有一种神秘的活动，当然不离“色情”二字。最觉得奇怪的是，到了晚上十点钟后，就有各种小书摊出现，出售香艳的低级趣味一类书报，富有性感的裸体书，和各种裸体表情书片，洋洋大观，无奇不有，在这种书摊上任你选择。据说这一段地带，很有些战前上海的神秘之街，一样地有一般鸡皮鹤发而装得像贵妇人样子的，专事吸引青年们去解决性的烦闷。

大都市的夜生活，自有各式各样的夜游神出现，点缀出五光十色酒绿灯红的繁荣大都会，伦敦虽是大英帝国的首都，他无论怎样带上绅士化的面具，也毕竟我们那两句“食色性也”“钱能通神”的古话，有极香艳的色情故事演出。我们当时自忖“老上海”到海外旅行，何妨探本穷源，来一个痛快的研究，总因书卷气太重，再加上几十年“君子自重”的教育力量，也就作罢了。这伦敦下层社会的观察，现在想起来，我们一般长衫朋友，还是缺少这种实干的勇气，从另一点上说，也可算是一种失败！

街头的景色

从万里路以外，跑到世界第一大都市伦敦来参观，日常耳目所接触，觉得中英两国的不同，究竟有那几件事？一个初秋时节的清早，我一个人在伦敦街道上，默默地一边想，一边走没看着浸润在露水中两旁树上的黄叶，给刚从东方升起的太阳光，映射得格外透出鲜妍金黄色，那时我正走向海德公园，后面赶上来的男男女女从欢声笑语里，听出他们正谈论到他们自己的爱侣——各式各样地洋狗。同时我就看到每个人手里都牵了一头爱犬，更从他们走路和谈论的情景里，晓得他们是到海德公园去“放狗”。这种轻快的神情，正和上海跑马厅旁一早就有好多人提了鸟笼立着或者蹲着“冲鸟”一样地兴趣浓厚！如以中国人“养鸟”的理论，去推测英国人的“养狗”心理，当时我确有有点奇怪，因为中国人一只手高地托着鸟笼，嘴里衔了烟卷，有时定睛仰视行云，侧耳细听鸟语，可以呆立着长久不懂，那种舒适神态，在中国叫做“写意”，至少是代表有闲阶级的乐趣。

可是英国的有闲阶级，跑到公园里“放狗”，还是健步如飞，急冲冲地跑得很快，他们一边“放狗”，一边以走路代替运动，呼吸新鲜空气，实行健康生活。中国人以消磨时间为“闲”，在“闲”里寻快乐，英美人却以“忙”为规律的活动，越活动越有兴趣，所以他们的娱乐，大都是动的。有时他们自己开了汽车，无目的地兜圈子，认为也是一种行乐。再拿喝酒做例子，英国人喝酒；一大杯一大杯地喝，中国人喝酒，一小杯要分几次来喝，喝酒要越慢越有趣味，耗费时间越长，越有“雅兴”。似乎这个“雅”字和“闲”

字的哲学，一到英国人脑子里，也许费尽心思，还想不出一个所以然。

在战时一个空袭警报，伦敦街上可以碰到戴礼帽穿礼服拿手杖的老绅士，很自在地慢慢踱进防空洞，逢着妇女，还要来一个Ladies First，这是英国人的“君子作风”。同时，我想到我在重庆遇到警报，听说几位时髦小姐太太，先要进房对镜子照一照，搽一搽粉，再急急奔进防空洞，在防空洞里避空袭，也竟会拿出小镜子来化装，这是中国妇女们的喜欢漂亮，也可说是中英国民性的不同。

伦敦的出差汽车，至今保持着老面目，我到伦敦第一次雇出差汽车，看见方方正正的样式，和戴上老光眼镜的车夫，把我几乎笑痛肚子，后来我问英国人，你们新车很多，为什么不把出差汽车来一次改良，装得漂亮些。他们回答我很简单，说这是种古老的出差汽车，还是很切实用，第一：它具有高高地车厢，带了礼帽乘坐，不必脱帽低头。第二，它有宽大的坐位，不但可以多坐人，并且不会挤皱礼服。第三，因为新车既多，自然方正的老式车，倒成了出差车子的一种特殊商标。有此集中特点，何必要把它改装成流线型呢。我听了，便证明了英国人的富于保守性。

马蹄声得得好像很有节奏的音乐，从很远的地方，渐渐清晰地送到我的耳朵里，猛抬头就有一匹高头大马拖了极笨重的货车在马路上行走，这一副图画，我在伦敦僻静的街道上常会碰到。

最使我惊奇的是极高级的那匹马的雄姿，以我的推测，那种马的躯干，要是把上海常见的马去比较，至少要超出二只以上，因为我从来未看到如此大马，越看越有趣味。有时乘马车停在街道上的机会，我竟会像小孩子一样走到马身边，从头部、胸腹、四足、毛皮、一直到尾部，细细地观察它各部分的状况和活动，竟会看得出神，呆立街头不动，要一直目送它走得越出视线为止。

虽然这种大马，外貌似乎很凶猛，可是十分驯服，它拖的是一辆长方形的卡车，里面装着无数盛满了牛奶的玻璃瓶，节奏似地走路，可说是“彬彬有礼”，“进退有序”。驾驭这种大马的，都是些年迈耳顺的老头儿，既没火气，更没有发脾气的机会，嘴里衔了纸烟，一边吸，一边喷，从这种神态里，证明他是一位老有经验的驾驭者。他的头一上一下地摇动得十分自然，好像他正在静听自己的呼吸，以及马蹄声是否很合拍的奏出前进的音乐。他老是把马鞭子放在一边不用，因为它每天都是走一定的路线分送牛奶，所以停止和起步，老马早已识途，更无需“马上加鞭”。

纽约的地下城

在敌伪时期的上海，地下工作者都负着艰巨的使命，有壮烈的表现，在每个人心头总不会淡淡地遗忘。这“地下工作”四个字，是一种不公开的工作。但是，现在的美国，已有真正名副其实的“地下工作”，那就是在六七十层巍峨矗立的房屋之下，尚有四五层的地下房屋，不但是房屋，连停车场、火车、电车、以及衣食住主要工作，都在地底下活动。河面上架了桥，还不够，在河身下，建筑了隧道，所以，二十世纪的新式都市的发展，已不是陆上，而是在地下和空中了。

纽约人口，超过上海一倍以上，繁荣甲于全世界，假如没有近百层的房屋，所有建筑仍只如上海的十八层高，再加上没有地下的城市，那混乱的状况，也许比上海还要剧烈几倍。

纽约的繁荣，也可说借助于地下工作的，所以地下城市地上的助手。纽约的地下城，在“下城”（Down Town）一带像时代广场（Times Square）大中央站（Grand Central Terminal）本薛文尼亚（Pennsylania）等几个地带的车站，有极伟大的建筑，单是讲行驶地道车的车站，有着五六层的地下城，乘客往来起落于“地下城”，有着三种不同的交通工具，一种是步行的阶台。一种是用电力活动的“自动阶台”，叫做“活动楼梯”。一种是自动升降机，经常自动的升降，乘客川流不息的上落。洛士中心（Rockefeller Center）是一种现代化的大都市建筑，东面是以第五马路（Fifth Ave.）为界，西面到第六马路（Sixth Ave.）南北从四十八街起到五十一街，这一方块热闹地段，上面矗立起六七十层的纯钢避火建筑，著名的影戏院，像广播城（Radio

City）及美国著名的广播公司（R.C.A.）都在这一个洛士中心一段建筑中。

而地下面也有好多层的建筑，极精美的饭馆、酒排间，以及百货商场，开设得十分富丽堂皇，和地上的没有什么分别。

因为地下城如果没有了电灯光，就变成黑暗世界，虽有好建筑，也不能使用，所以地下城的点灯装置，十分重要，试想，日夜不分的天天要用电灯，这地下城的电灯装配与管理，确实一种专门技术，我当时在地下城游览，就有这一种感想，可惜我不学电机，否则倒可以作一种有趣味的访查。还有地下城的空气调换，比较地上城当然格外重要，此外如冷热人造空气等等卫生设备，在地下城都有极精密的装置。所以纽约的地下工作者，并不因当在地下面损害他们的健康，这是一位美国医师所给予我的一个答案。

地下工作，因为没有街道上车辆来往的纷扰，环境比较安静，所以工作效率，决不减少。我们都晓得纽约的人口，比此刻的上海，要多到一倍以上，汽车、公共汽车、电车，以及出差汽车，也比上海要多上几倍。虽然他们街道宽广，交通管理周密，加之人民恪守纪律和秩序，可是毕竟在极热闹的地带要走过一条马路，也是一件很困难的事，因为密如蛛网的多方面交通街道，车辆和行人的拥挤，也往往是一失足成千古恨，大家都提心吊胆，有“行不得也哥哥”之感。因此好多稳健份子，尤其是从四乡初到纽约来的乡客，情愿先行“入地”，跑进地下城去，可以舒舒服服的走过几条街道。

记得去年冬天，我在洛士中心一家商店中和一位朋友到纽约的中国领事馆去，从五十一街跑到四十八街，完全在地下城穿过，当时外面大雪纷飞，地下城中却温暖如春，我笑对朋友说：美国的地层建筑，如此讲究，他们的“地狱”，也许胜于我们的“天堂”。

奇妙的停车站和升降机

地下工作的设计，我觉得最神妙的，要算纽约的“地下停车场”，和伦敦的“自动发音升降机”。纽约满黑登（Manhattan）区的下城，热闹情形，可以说世界第一。平常从星期一到星期五的上下午办公时间，来来往往的汽车，在初到纽约的人看见了，一定会头晕目眩，其汽车数量之多，听到了更要使你咋舌。美国人自驾汽车，已成惯例，因此在下城的汽车停放，是一个最困难的问题，纽约警察为了交通和安全问题，对于马路上汽车的停放，有极严格的规定，因此几毛钱一小时的停车场，在下城一带，也应运而开设了不少，可是毕竟还不够，所以在洛士中心（Rockfeller Center）一块最新式的建筑地带，有了一所极大的“地下停车场”。

这所地下停车场，据说上上下下可以停放三千辆汽车，这种地下停车场的组织，甚为周密，停车场的大门，有“进路”，有“出路”，截然为二，譬如说：我开着汽车去停放，一到大门口，就有人来照料，拿出一张有号数的卡片，一半插在你的车子上，一半给你对号领取汽车，这样你的汽车，就交付他们保管停放了。因为各人的汽车，开进去的时间不同，同时停放车的数量又过多，所以你拿了对号停车证，到这个现代化的地下停车场去领汽车，当然是一件极复杂的工作，但他们可以在两三分钟内，就把你的汽车开出来交还给你，这又是何等简捷！不知道是如何运用着机械量化的工作，竟能得到如此神速的效果。

在伦敦有一处地道车站，旅客从地道中走出来，想到地面上去，必须乘“自动升降机”，这座“自动升降机”，看不到什么人在操纵，完全利用电气，自动开门关门和升降，并且与播音机配好了，会自动地说话，指导旅客。我为好奇心所驱使，特地去乘坐一次，记得那一次，我在地道车里出来，跟了其他英人走到这座自动升降机的外面，听这座机发出话声，说是：“现在升降机到站了”，就看到升降机慢慢地降落到你的面前，再说：“先开门，请各位旅客依次走进来”，“请大家站好！”“现在关起门来，上升了”，“现在到了地面车站了，开门，请各位依次走出去，再会！”这一套招待旅客的说话，和机门的开关，机身的升降，竟是一天到晚，一年到头，完全自动。可惜，我没有时间去研究其中究竟如何利用电力操纵，由此可以证明英国是随时随地，拿机械来替代人力节省人力，这当然是各种新事业进步的一大原因。

纽约越深广的地下城，大都建筑在数十层地上房屋的下面，究竟先造地上的房屋？还是先兴地下的建筑？假使是先建筑了地上房屋，又如何进行这个房屋下面的掘土工作？我在纽约走到地下城时，脑海中常浮起这样一个问题，但还没有得到明确的答案。

吃在伦敦

我初到伦敦，因为语言风俗习惯，一切都在人地生疏的情况下，因而闹出了不少笑话，可是这种笑话，又确是学习成功的重要因素。譬如说：一日三餐，上馆子吃饭，起初也并不简单，在那密密层层的菜单上，满印着精美的蟹形文字，虽然是英文，但生疏的字，也不在少数。还有许多菜单，为了要显出高贵、神气，全篇都印上法国字的菜名，当你踏进饭店，一入了客座，拿着菜单的年轻美丽姑娘，就会走上来说："Yes Sir next please"这一套话，意思是说"先生，轮到你了，请点菜"。她注视着你，等待着你，但客人却正在探索各种菜名的解释，这种窘况，真非身历其境者不能道，没有办法，只好敷衍塞责地随便点了几只菜，根本吃不惯，也惟有勉强吃下去，真所谓"嚼蜡无味"了。

有几次受了饥肠的驱使，走进了满座皆是高鼻蓝眼的饭店里，因为你是个外客，就不约而同地有几百只眼睛死钉住你，使你脸上自会发红，甚至会"进退维谷"。在战时，尤其在节省人力的英国，有许多饭店，没有侍役，完全要客人自动，那种自动吃饭的办法，开头也得学习一番。你如果没有依照为了"入境同俗，入国同禁"的古话去做，也就会处处碰壁。

有许多饭店里的客座，是有时间性的服务，你不先问个明白，在过了时间以后，盲目的坐下去，便等到天黑，也不会有人来睬你。战时伦敦万行节食，规定每人至多点三道菜，就是一汤一菜一点心，我有一次点完了三道菜，再预备多点一道，那女招待便说："对不起，我没法帮助你"。言下似乎有一种讥讽的态度，为了吃饭的不合习惯，感觉到不少麻烦，真是"天下无如吃饭难”了！

路角大厦（Corner House）这一个名词，是伦敦特有的一种吃饭的地方，大都建筑在热闹大街的街隅路角，相当富丽堂皇，可是伦敦甚是，却以此为大众化的食堂，大约因为在那里吃饭，具备了“普通”“经济”和“迅速”三项条件。这种路角大厦的饭馆，没有小房间的雅座，场面虽然伟大，但都是些普通客座，每天在规定吃饭时间内，可以常常见到排队吃饭的镜头。这种饭馆，也分自主餐和非自助餐两种，所谓“自助餐”，就是饭馆里预备好了各式各样的公司菜，要客人自己去拿，吃了自己付钱，没有人来侍候你的简化办法。所谓“非自助餐”就是饭馆用了女招待来侍候客人的。前面一种吃法，当然经济迅速。后面一种吃法，比较写意，除了多费时间以外，还要多化小账。

在路角大厦吃饭，有二种好处，第一吃饭的人多，一个寂静的旅行者，真可利用机会，冷眼看出一大批一大批英国人的吃馆子哲学。所谓伦敦绅士，一到壮年，就喜欢拿手杖，戴礼帽，进路角饭店，自然不愿意例外。于是这手杖礼帽两样东西，进饭馆之后，便成为累赘，尤其在吃自助餐时候，一方面要招呼自己的礼帽和手杖，一方面又要拿菜盆，不免顾此失彼。好在他们都有几十年的经验，也就不觉得手忙脚乱。当他们见了妇女在自己的左右前后，他们的君子作风，更容易表现出来。“退让”、“留神”、“镇静”，一切尊重女性的姿态，好像只有伦敦绅士，最会实地表演，而且在路角饭店里演出，又似乎最觉得亲切有味，我每次在路角饭店里吃饭，有时看得出神，比吃还感觉兴趣，可以说有吃有看。

音乐这一件美妙的艺术，也是路角饭店里独有的点缀，吃饭时有一班乐队在台上奏乐，且听且吃，一曲奏毕，无论如何，总不会忘记来一个“鼓掌如仪”。此外如轻轻地谈话，嘴巴张开时，不露出牙齿来，以及吃汤不会有声音等等吃的礼貌，又似乎每个人都毕业于幼稚园，从小就养成了好习惯。

讲到“午后茶”，凡到过英国的，没有不知道是一件吃的重要礼节。伦敦绅士在四时左右，不吃“午后茶”，倒并不是感觉饥饿或缺少营养，而是有失礼节，真像我们苏州绅士。如果下午在家里不吃点心，好像是有关面子，所以在下午三点半以后的午后茶时间，路角饭店的客人，就特别拥挤。

吃午后茶，除了极简单的几色西点外，那真真是吃茶，特别每人都有一把茶壶，慢慢地可以喝上几杯，边吃，边听音乐，在这时候，板起面孔的绅士风度，也是不会碰到的。因为吃午后茶，不宜太快，所以最合格的茶客，要推上了年纪的老夫妇，那种轻快得意的神态，真是盎然现于面，尤其在老光眼镜下，看着一班年轻的人，进来吃茶，似乎他们会回想到自己少年时的情趣，不时露出会心的微笑。

中国城中中国菜

中国人游历英美，为了环境改变，在生活上有最感不惯的三件事，第一是吃，第二是洗澡，第三是理发。外国人的吃，因为过份注重了营养，并不讲求调味品的配合，生的冷的东西，当然比熟烂的更富于营养，但是生冷的东西，滋味毕竟比不上熟烂的好吃，何况我们中国人，生性不大喜欢吃生冷的东西。再从烹调方面说，外国人的烹调多用电气、煤汽锅灶，当然比不上我们特别考究火功，这“火功”二字，在外国主妇们，是不大容易理会的，因为火功完全是人力的艺术，在机械式的电热中，万万不会表演出来。还有如何连用调味主要品如油盐酱醋糖等，外国人采用的方法，也和我们完全不同，譬如说烧一个鸡，我们用各项调味品先后和鸡放在一起煮，自然烧出来的鸡，来得格外可口，外国入煮茶，却只懂得老老实实的白烧白炖，并不把调味品和鸡一同烹煮，而是把烧出来的鸡汁，另外取出来，再和以调味品，烧成汤汁，等到吃鸡的时候，再将这汤汁浇到鸡肉上面，因为美味的鸡汁，早已提出，和鸡分为两部份，当然不会“入味”。

这种烹调，我们认为太简单，但英美人却常做一件极复杂的事情。关于煮鸡的方法，在我们有“一鸡三吃”“一鸡五吃”各种办法，另外还有“八宝鸡”“香酥鸡”等五花八门的吃法。我有一次在纽杰赛州和一位美国太太讲述，她听了很出神，认为“闻所未闻”，当然更“吃所未吃”，马上请求我在她家里来一次表演，可怜我只懂得吃鸡，临时要我实地试验，烹调法确有些为难，当时我便舍难取易，撇开了鸡，答应她在下星期日举行一次红烧乳腐肉的表演。

事前我特地到住在纽约国际大厦的几位中国女学生那边，先来一次请教，再到“中国城”买好了乳腐，等到星期日，亲自带到她家里，当场表演，这位美国太太，确实研究心切，约好了另外二位主妇，和她的二位姑娘，拜我做老师，参观我的烹调方法，我一边讲，一边做，她们一边听着，一边做笔记！美国的姑娘，天性都很活泼，她们看我做菜，同时还会扮出各种鬼脸，赞叹我的手法神秘。结果，乳腐肉总算烧成，因为酱油不好，对于红字，不甚切题，有些惭愧，但等到大家吃肉时候，我就利用机会，特别提出孔夫子所说“割不正不食”的意思，拿“方正”来表示君子作风。同时再拿伦敦始终保持着方方正正的出差汽车，做一个牵强附会的例子，笑得大家喷饭，这算是我的外交胜利。

因为中国菜在海外相当出名，所以在英美各大都市，到处都有中国菜馆。这种菜馆，大都是广东人开的，当然吃的是广东菜。在外国人心目中，便认定广东菜就是道地的中国菜，其实外国人吃的广东菜，早已变质。因为外国人用刀叉，喜欢吃冰淇淋，所以美国各地中国菜馆，为迎合美国人心理，专门有一种菜，配好了一汤一饭一点心或是冰淇淋给美国人吃，叫做“美式中菜”。这次大战，美国人到中国来的特多，所以最近美国人也知道他们在美国所吃的中菜，不是真正的中菜，于是他们在美国结识了中国朋友之后，第一件事，就要请求中国朋友带他们到中国馆子里去，吃真正的中国菜。留美的中国学生，想交际美国女朋友，进中国馆点吃中菜，可算是唯一的固定节目。要是这个“固定节目”长期演下去，中美联姻的大轴戏，常常会自然地演出，这是一位老留学生告诉我的结论。

在伦敦，纽约和三藩市都有中国城“Town China”是中国侨商集中的地方，因此中国馆子特别多。其中以三藩市的中国城最为伟大，侨胞人数也最多，在三藩市中国城吃广式点心，特别精美。

纽约的中国城，热闹虽比不上三藩市的中国城，但中菜馆大大小小，各式都有布置也相当富丽，其中当然以“美式中菜”为最多，定价也比纽约其他中菜来得昂贵，因为纽约中国城，也算是纽约的一景，世界各国人士到纽约游历，把进“中国城”当作一个固定节目。每天在下城四十二号街一带的游历客车，或是旅行社里的导游者，常常在喊着“中国城去吗？”游客一到中国城里，当然大吃中国菜。

纽约第二个中菜馆集中的地方，在上海城的一〇二街道一二五街一段地带，因为国际大厦和哥伦比亚大学都在这一个范围内，因此中国饭馆里的顾客，大半是男女留学生。“学生饭”就比普通吃馆子不同，中外倒是一例，这一带中菜馆里的“学生饭”是十足广式，毫无美化，价格也很便宜，大约美金八角，便饱餐一顿，可以使久别了中国的一般留学生，尝一下家乡风味，相当满意。

羊城酒家在纽约西五十一街，因为靠近纽约总领事馆，便成了中国外交界和官方请客的地方，设备陈设，相当富丽，饭菜也很精美，可惜壁上所挂的几幅花卉山水，充满俗气，大都是玄妙观三清殿里的手法，毫无书卷气。我曾几次请主人更换，广东人生性硬绷绷，不肯听从，其实这种画给外国人看了，真是贬低中国艺术的声价。

波士顿不但工商业繁盛，因为附近的康桥市（Cambridge）有世界闻名的大学，麻省理工学院和哈佛大学，所以波斯顿在美国也算是文化城。因为文化城，就少不掉是有一个小小的中国城，来作为一些点缀。我去参观哈佛大学和麻省理工学院时，曾到过城中，吃过一次中国饭。在饭馆里，遇到了不少我国留学生，都是麻省理工学院和哈佛大学的学生。据他们告诉我，这里的中国菜馆，精制广式点心，价廉物美，比纽约中国城的点心，要强得多了。那天我吃到了鸡鸭大包，和鸡肉烧麦，和上海的广式点心，不相上下。

上海饭店，开设在纽约市上城百老汇路与一百二十五街之间，要算是纽约唯一的中国馆子。苏式红烧肉，和宁式豆腐炒虾仁，颇为可口，侍者都会说上海话，也是特点之一。（在美国所用侍者中菜馆都是广东人）在纽约的一班上海朋友，趋之若鹜。纽约中国银行，世界贸易公司，以及资委会办事处中的职员，和东南江浙各界旅美人士，大都一该馆为聚餐之所，我当然也是老主顾之一。记得这一家饭店的壁上，悬有商震将军所写的“美尽东南”四字，不但字体挺秀，也饶有书卷气。

伦敦的壁克地（Picadilly）和嘉陵十字路一段热闹地带，也有不少中国菜馆，上海楼、新世界、探花等等名称，都算是中国菜馆的代表作，又因为只有上海楼一家会做豆腐，所以生意特别好，可惜价钱太贵。新世界小吃比较有名，菜肴也便宜。探花规模很大，楼上楼下都有舞池，多“英式中菜”。请外国人去吃，比较适宜，至于东伦敦中国侨商集中地段，也有不少中国馆子，他们所做各式各样的中国菜，确是道地的中国味道，可惜地点离闹市既远，布置也比较古老，不够现代化，所以在伦敦不很出名，总之在伦敦吃中国菜，更不如纽约的价廉物美。

英国的衣食配给证

在战后，外国人到伦敦来，第一件头痛事，是领取身份证和配购证。第二件感到麻烦的，就是你要化费若干时间，去弄清楚那本衣食配购证（Ration Book）的如何使用。这一本小小六十四开的购物证，相当复杂，包括衣食两大项，由英国粮食部发给，这本小册子我至今还保存着，作为绝好纪念品。

全球各国，各色各样的人物，进入伦敦，虽然他们使命各有不同，但一视同仁，要领到这一本配购证。当时伦敦人口将近千万，就是至少要预备好千万以上的购物证。在伦敦，大家知道这本小册子的重要，竟可说相依为命。

配给证因为分发的数量太多，纸张及装订，十分简单，在封面上，照例写着领证人的尊姓大名，和住址，这三项必须要和你身份证上所列的相同。封面上最重要的一项，是粮食办公处的番号，这本配购证，共有三十八页，其中七页，除了为衣着添购必须用的印花外，其余都是配购食物时应用的，食物的种类，分肉、蛋、奶油、干奶酪（Cheese）、咸肉、糖六种，还有茶叶，也在配给之列。

英国妇女和美国人一样喜吃糖果，所以巧果力糖、奶油糖等，各种糖果小吃，每人也有限制，在这本小册上有“积点”（Points）一项，是专供买糖食小吃用的。例如规定你每周一次糖食，在买糖食的时候，必须先交出你的配购证，由商店店员，剪取你配购证上的“积点”；看你的“积点”多少，再确定你应该买多少糖食，换句话讲，要是你本周的“积点”早已用完，就是有钱，糖食也不能卖给你。听说伦敦有好多妇女，因为糖瘾太大，常借了别人的“积点”，来买糖食，对于这一点小小的弊端，他们说是“只认积点不认人”。

衣服的配给，是凭印花券（Coupon）配给的，一件大衣，要十八个到二十个印花券，一条领带，要一个印花券，一件衬衫，看质料的好坏，要四个到八个印花券。如果你一年内所有的购衣券都用完了，就没有办法再添新衣服，商店里的伙友，必然要先问明了你有多少购衣券，再让你选货，常常为了缺少一二个购衣券，检好了一件衣服，就此买不成。

伦敦的水果，都要从外面运进来，凭证买水果，更不是一件易事，配给制度，是伦敦战时的产物，听说至今还没有取消，足见英国战时的物质损失，相当重大，但人民的刻苦精神，也真值得佩服！

忙迫的工作，鲜艳的标语

在伦敦因为战后粮食统制，多了无数粮食办公处。这种粮食办公处，密布在伦敦每一角落里。每一个粮食办公处，管理若干地段居民的粮食，张泽中粮食分区配给办法，用数目字来排列。我第一次领取配购证是在L.36的粮食办公处，就是说我进入伦敦后的粮食，由L.36管理配给，以后寓址变更，必须先到粮食办公处更换所居区域的番号，所以我在伦敦因为三次移动寓址，就变更了三次粮食办公处的番号。

我看出粮食办公处一天的工作，最忙的就是办理番号和人数变更的登记手续，每天到粮食办公处，常见到一大批等候的人民，排成极长的行列，在那里请求更换登记。粮食办公处的职员，大部分是女性，这就可证明战时英国男子大都在服务于军队，所以用女子来干这种工作，英国在战后，女公务员的数量，原已特别增加了。

在这办公处里，见到各种图书标语，都是精美彩印，鲜艳夺目，像“粮食先送前方战士”，“争取胜利，必先爱惜粮食”，“营养品先配给儿童和孕妇”等标语，还有各种粮食产额的统计，以及英国历年人民死亡统计图表，当时我就发生了两种感想，第一点，就标语图表的内容说，英国人眼光远大，做一件事，总有永远的统计，在“胜利第一”“粮食第一”的条件下，还要人民注意卫生营养，同时看到将来人力的可贵，把未来主人翁和他们的母亲（儿童与孕妇）早为准备，将营养品尽量紧缩，尽先配给他们，这可称战时教育，无孔不入。第二点，我觉得标语的印制和取材，也值得我们研究，标语要醒目，要选出最重要紧急的事情来做标语，而废去一切无病呻吟的标语。标语又不轻易贴出来，一经选定贴出，就要切切实实地做到后再更换。至于标语的式样，又一律要美化，因为标语虽然是一种临时应用的刺激品，但它的质料，也要顾到永久性。

以上这一段“标语须知”的谈话，记得是伦敦粮食办公处里一位女公务员对我讲的，她说完之后，又提出一个极堪回味的问题：“听说贵国革命后，一切进步，人民多有贴标语的经验，我方才所讲的话，恐怕先生早已知道，是的吗？”我当时只好若无其事，轻微地回答一声“是”，其实我内心自忖，实在有些惭愧，如今回到阔别十年后的上海，看到各式各样的标语，似乎还是一套“打倒式”的作风，标语的印制，更不免因陋就简，粗制滥造，再回想到伦敦姑娘所提出的问题来，更好像无话可说了。

牛奶那里来？

英美人注重营养，食品方面，最注意的是牛奶的供应，人人需要牛奶，天天需要牛奶，牛奶在他们的心目中，简直不可或缺。以前在外国小说中看到贵族女子洗浴用牛奶的故事。不免叹为豪侈，但也可以拿这浅近的例子来证明牛奶在英美确实是最重要的日用必需品。如果一旦牛奶来源断绝，在他们竟等于中国的米麦绝迹，必然会引起不可遏制的恐慌。伦敦的人口有一千万，他们一日数餐，都离不掉牛奶，因此供应一千万人口的牛奶，不但是一个很庞大的数目，同时也竟是一件奇妙的事实。

在上海吃牛奶的人，认为中产以上的人家。但在伦敦，差不多家家户户，都有人送牛奶去，在深晚到清早，从城郊看见输送牛奶的车辆，到处皆是。如果英国的交通工具，也像我们国内那样缺少，那么牛奶送到每个人家里，已是中午，牛奶也早经发酵变质了。

伦敦市当局，曾为牛奶的制造、分配和输送，尽了很大的努力。要是牛奶制造和转运问题，在事前没有深切的计划，一定会把牛奶变成疾病的传染剂。

我为好奇心所驱使，也曾几次三番，在伦敦郊区内，想搜寻牧场，并观察他们牧场的管理，牛奶的制造和运送，以及乳牛的食料保护法，可是很不凑巧，除了在伦敦有一次放映科学教材，看到一种牛奶制作的影片之外，从没有机会，得到实地研究的资料；对于如此庞大的牛奶供应量，而很难发见乳牛和牧场，至今还觉得是一件奇妙的问题。

纽约的静

只要一听到大都会的“繁华”两字，我们总会下意识地去意味着一阵子喧闹、拥挤，夹杂着电车轮轨声，汽车喇叭声，小贩喊叫声，以及种种刺耳的声音，时间一久，甚至会麻木了每个人松弛的神经，而如临大敌似的紧张。但是讲到纽约，却使我们意想不到，纽约确实是最繁华的，但是，纽约的“繁华”，并不是像上面所说的那种情形，相反地更衬托出她特有的沉静，有秩序，有条理，不，还更有一种超脱的“镇静”。

在纽约的“路上行人”，只管向着目的地往前走，如像什么事都与我无关，绝对不会中途停留，所以，一大堆一大堆阻碍交通的人群，是不大容易见到的，同时汽车的喇叭声，也不大听到。我想美国人初到上海，是感到奇怪的，一定是满市的汽车喇叭声。

在纽约汽车的数量，虽然要超过上海数倍，但很少听见喇叭声，驾驶人除非到了紧要的时候，不轻易按喇叭，就是按喇叭，也不会像警报一样不断地按下去，因此在纽约下城一带，几条特别快车道上，每天来来往往平行排成六条线路的汽车，只听到汽车擦过马路嘶嘶的声音，绝少听到喇叭声，这可说是闹中取静的纽约汽车。美国人开汽车，喇叭声如此至之少，却还有人提出议案，要制定公路上夜间使用喇叭的法律，就是说最好把汽车喇叭声设法改装成一种音乐，那末汽车开在公路上，必要时按喇叭就只听到一阵音乐，市民不至破粗暴的声音惊扰清梦了。

“一马离了西凉界…”一阵欢笑声，京戏完后，接着香格里拉又唱起来了，久住在里弄房子中的作者，早已“司空听惯”，这种耳福，只有我们上海人享受得到，纽约的公寓中，是大多数居民的住所，每个住户，大概总有一架收音机，但他们的收音机，开得低到只供一个人可听的程度，要是像上海家家户户开收音机，一定会把全部公寓，沉浸在音乐声浪里，闹到一个什么样子，也就可想而知了。

上海的热闹，也可说寄托在各样的声音里，里弄里艺术化的对骂声中，鞭打小儿声，叫卖声，这都是从朝到晚固定的节目。火车站上，那更不得了，火车一到，乘客下车时那种吵闹，几乎要人回忆到逃难的情景。纽约的中央总站，本薛文尼亚车站，旅客虽多，却异常宁静，站上虽然也有小贩卖报和售卖零星杂物，但绝对没有像中国那样高声叫喊，也没有拖泥带水的还价，他们手里拿了预备出售的物件，上面标着价目，慢慢地走过你的面前，你要买就可以招呼他一声，叫货式的高声售物，是不会有的。

在饭馆里，吃饭当然是主要目的，谈话便是吃饭时的附带条件，在美国饭馆里，也有这种习惯，可是他们讲话声音，特别放低，好像习惯了耳语式的，不会给别人听到，在中国，除了极秘密的事件，必须悄然对语以外，在茶坊酒肆中，还不是高谈阔论，甚至于高歌狂笑。

纽约生活的紧张，当然以地道车的表演，最为精彩。但清晨七时至八时上办公厅写字间的一段时间，在极度拥挤的地道车里的乘客，随时可以看到他们“极静”的一个镜头。当你踏进车厢中，人都挤满了，坐的立的，都是“人手一报，”鸦雀无声，除了高速度的轮轨声外，静得可以听到乘客翻阅报纸的声音，因为他们正凝着神，各看各的报，当然没有人会高声读报的。

广播城（Radio City）是纽约最大的影院，整天的开放，一批一批看戏的人，排了队等着，剧院执事人员招待这成千上万的看客，分两行或四行的前进，依次购票，都用极轻微的声音报告，大批的看客，除了轻轻耳语外，没有什么热闹的杂声，一进戏院，都是软厚的地毯，自然走路也没有声音，就坐后，数千看客的寂静作风，竟会把一座繁华的广播城，变得好像一座寂静无人的空城。不过话要说回来，美国人在公众地方，随时随地都有静的训练，惟有车站轮埠以及戏院公园男女情人接吻声，都是越响越热烈，在这种镜头下，就没有静的姿态演出，这确是一种特别作风。

门虽设而常关

纽约的摩天楼，几十层直升云霄的高大建筑物，虽然外表宏大，它的吞吐口——门，却出了门户较多以外，和我们上海所习见的洋式门，一样大小。要是门的大小，和建筑物的高低，成了正比例，像我们中国宫殿中的大门一样，那么摩天大楼的门，正不知怎样的高而且大，但实际上美国的门，依据建筑物的式样，有着很多的种类，最普通的是两扇门，门面写出“推”和“拉”，还有一种轮转式的，川流不息地旋转，这也是在上海所常见的，并没有什么出奇。

比较奇妙的，是运用电波的作用，自动的开门或关门，这称为“电眼”，就是说，两扇玻璃门，装置了“电眼”以后，由于电波的作用，两方面的电眼，能发出一种肉眼所看不到的电波，使玻璃门经常的关住，等到人走近玻璃门时，身子隔断了电眼所发出的电波，弹簧门就自动的开了。

恕我不科学的谈论“电眼”的作用，总之所谓“电眼”，也是利用电力来代替人力，每个客人走到门口，不待你推门，门已自开，请你升堂入室，这是我在纽约的一家大公司里亲自经历到的。战前上海好多洋行，有专司拉门的巡捕，神气十足，乡下人望而生畏，要是早有了电眼门的装置，不但节省人力，同时也是根绝司关者慢客的一种科学方法。

我们的田园诗人陶渊明写过一句，“门虽设而常关”，可说是为美国人写照，美国人的办公室、写字楼和私人住宅，一切房屋上的门，都是常常关住的。

在美国，不必在门上写明“随手关门”，可是每个美国人，都懂得这套礼节。不但如此，随时随地入室关门的习惯，美国人也早已养成了。听说英国人的君子作风，更要出奇，丈夫公毕回家，从外面第一回进入自己的我是，也要像生客似的先敲门，静候妻子在室内答应了，再推门入室。说到严重些，如果丈夫不敲门就闯进去，不但认为丈夫失礼，泼辣的娇妻，竟可据为理由，控告丈夫不尊重她的自由而提出离婚。在纽约有一位西友告诉我，在美国警察捉人，明明知道他在旅馆的某某号房间内，但不能闯进去，也须敲了房门，然后进入，说明理由，拿出证据，缠带着犯人走，总之任何房间的开关，是相当郑重的，不像我们中国，随时随地，可以闯入人家。甚至于半夜三更，查旅馆的先生，随便打门进入卧室，如是美国人听了，一定会说：何以中国人有这样大的自由权。

在上海的弄堂房子，进出大都不用“前门”，大家习惯用“后门”，在纽约的公寓中，根本找不到后门，一进几十层的摩天大楼，第一课就要学习“太平门”（Exit）的使用、方向和地点。所以外国人租房子，最注意“太平门”，仿佛中国人租屋，一定要查后门，同样是为安全着想。纽约几十层的旅馆里，每层就有好多红色灯光，指示“太平门”方向的路线，一座摩天大楼，有好多“太平门”，所以纽约的小孩子，从小就要指导他们走出太平门的方法。当然安全第一，也就是“太平”第一。

闲话电梯

在都市里只要多住上二三年，电梯已是司空见惯，不足为奇了，在一座公寓的门口，你只要踏进电梯，喊一声几楼，自会有人替你关门，开门，根本不必操心。但是，在纽约以及美国几个大城市中的高大房屋中的电梯，不像上海的容易，这种复杂情形往往会超出你的想象。

因为美国人的生活起居、办公，大多数都在高楼大厦内，所以，电梯在他们的生活交通中亦占有极重要的地位，如果电梯没有，走楼梯的话，走到上面，已下办公了，刚走到下面，又上办公，那不成为笑话吗!

所以在纽约的一所六七十层的房屋，平常都有十座以上的电梯，因为少了不够应用，也要像上海的电车一样拥挤了！但是，十座电梯还简单，还有不易分清的，快车和慢车，快车有一上十层，有的一上十几层不等，慢车便合上海的大同小异了，更有一种一上三十层，再上六十层，假使你要到三十五层，便先乘到三十层再乘慢车到三十五层，所以你不弄清楚，面目空一切，乘错了电梯，便要茫茫然不知所措了。

再有一种电梯，是拿方向来分别的，如果你住在大厦的东面，你必定要乘东面的电梯，否则一定要乘下来，重新再乘。而珍贵的时间白白地浪费了！因为美国的人力很珍贵，不像中国有的是人力！豪门家庭，可以用了二三十个男女仆人不以为奇。

所以有许多电梯是自动的，你跑进去，在里面有许多按钮，上面写着 123 等数目字，你要上三楼，便把 3 字一按，便自动地上去了，到了三层，他会自动地开门，你走出电梯，他会自动地关门，假使电梯在顶上一层，你在底层要用电梯，也只要在电梯底层门上一按电钮，电梯会自动地慢慢地降下，将到底层前几秒钟，见到门上红灯发光，就知道电梯已到，一会儿红灯停止，电梯门自动开放，你便可走进电梯内。

假使你要乘到雾层去，你只要把 5 的电钮一按，要是有人按过了 3 字电钮，他会先到三层再到五层，他也知道顺序而进，顺序而下，所以在电梯内，二个客人同时按 4 和 6 后，再上升六层，这是科学的优先权（Priority）先后办法一律，没有情面和地位的分别！

关于电梯的上下，都有各种的记号，有的是声音，何种声音是代表上升；何种声音是代表下来。还有一种是灯光，譬如红灯代表是下降，绿灯是代表上升，还有一种上下用电灯光箭头做记号。

电梯的乘客，也有限制，只乘十五人的，多一人便不可。纽约高大的建筑，常常有一种电梯，专门给公司里职员应用。客人是无法乘坐的。客人走差了电梯，一定会碰到不客气的对付，总之乘纽约的电梯，并不简单，怎样乘坐电梯也得来几课学习，因此有乘电梯专家的发现！真所谓“三十六行，行行出状元”。

那就是许多大厦前面的电梯，站了好多穿了制服的电梯招待专员，专司询问，你不清楚可以去询问他们指导你直上摩天大楼！所以，老上海初到纽约，也像乡下人进城，电梯照样不敢乘。

开电梯的小姐，穿上笔挺的制服，动作敏捷，说话漂亮，边开边说，把各楼的货物名称，报告无遗，送你直上摩天大楼的百货公司，是你在电梯里有看有听，不感寂寞。因为美国姑娘们上街购物，进百货公司是固定节目，所以一般年轻人，很喜欢乘坐百货公司的电梯，挤在脂粉队里，从底层直上最高层，不但饱餐秀色，据说还有进一步更好的机会！（自然有色人是不容易碰到的）

美国有许多旅馆，用黑人开电梯，这般人，爱钞如命，纽约花事，藏在旅馆里的，他们了如指掌，旅馆踏进电梯，四顾无人时，只要暗中给他一张美钞，他对你一个会心的微笑，就负起导演使命，当晚就有香艳的镜头。其他各种暗杀抢劫等黑幕新闻，凡是在旅馆里演出，与这般人似乎都有关系，他们真是大旅馆大公寓的秘密领港，这是一位老纽约告诉我的秘闻。

美国大学生，极多自食其力，服务所得，补助生活。因此开电梯是一种最好的学生职业，纽约各大学里的开电梯，一部分就是本大学读书的大学生！工作以钟点计算，和上课时间不冲突，这是极好的工读制。

美国唯快以为宝

美国人讲求效率，对于时间的经济，可称为无微不至！随时随地，总以快速为贵，自助餐馆（Cafeteria）密布纽约商业区下城一带，就是为了争取生意胜利，不能不讲究吃得越快越好的办法，所以产生了最经济的自助餐制。

纽约证券交易所，不但装有纽约同芝加哥间的对讲电话，并且大家装有自动发报机，像新闻电一样地一天到晚不停地自动发报，报告伦敦和欧亚各国的股票市价，随时决定买出买进，稍为一慢，就有几十万到几百万美金的出入。快的效率，真是吓人。

纽约人行道上，无论男女，只听到阁阁的皮鞋声，一批一批的人，一直前进，好像都有什么要紧事情，在几分钟内一定要赶到的样子，地地道车、公共汽车和电车的门口，只听到放进五分钱的镍币声，和自动计人机器拍搭一声连续不断地一长排乘客一个一个顺次走去，各自前走，不会牵丝攀藤互相谦让先走，或是会钞，来浪费时间。

因为走路不够快，要坐汽车，汽车有红绿灯慢下来，所以纽约特别造出一种没有红绿灯的单程三线快车道，只准前进，不准停留。从上城到下城几十里的康庄大道，可以开五六十英里的速率，一会儿马上到。

地道车比地上电车要快，可是站站要停，还嫌不够快，所以有只线特别快的地道电车。一开就是几十条街，在地下像火龙似的前进。车厢门反正都是自动机械化的，所以车子到车站电钮一按，好多车门一齐自动开了，一边乘客下来，一边乘客进去，电钮再一按，十几节的车门一齐自动关上了，继续前进，从不耽搁一些时间。

从纽约到华盛顿，比上海到南京的距离，要多上一半路，为了好几家的铁路公司，（美国铁路都是私人企业）大家竞争营业。大家提出稳快为标准。所以华纽火车来往，只要四小时就到。每半小时一班，纽约和华盛顿对开，早上进京去办事，晚上回纽约住夜，不生问题。可是还嫌慢，所以有飞机往来于纽约华盛顿间，一天有好几班对开，那末只要一小时多就可到达。

美国交通发达和便利，还是从大家求“快速”一个条件下造成的。美国人交际，也喜欢快速，所以和美国人往来，总是一见如故，就像几十年的老朋友，不像英国人，一定要有十年订交的君子作风！

这次大战，美军到中国战区来，和我们士兵初次见面，“顶好”一声，好像大家都是老吃粮似的，彼此间毫无隔膜。就此并肩作战到底，完成最后胜利。这也可以说在“快速”一个条件下打着了胜仗！

讲到美国男女社交，你总不要死记中国社会通用的那种礼节，也是以“快速”为标准，你要是见到女朋友，认为合意！你切不要放过她，马上就要进攻，快速度的热烈，美国姑娘不但不讨厌，并且要说一声“谢谢你”！要是照抄我们一套小生这边有礼，斯文的求爱办法一定要失之交臂。上海以前流行的时髦歌曲“特别快车”一段求爱情形，当然是瞎三话四，可是拿来描写美国青年男女的快速情爱，真够资格！

中国人社交看重面子上的敷衍，忘记了时间经济一点，虽然是熟朋友，路上不期而遇，仍旧要彼此招呼停下来，说上一串无谓的客套话。小辈碰到长辈讲话，一定要等长辈走后再可离开，说是有礼貌，耗费时间一层，当然满不在乎。美国人在路上不期而遇，大家举手一挥，“哈啰”一声，各奔前程，义无反顾，决不拖泥带水说上一套：“天气好，你上那儿去？再会！”等等。

这种特别快车似的途遇交谈，好像内河小轮船在开行时，迎面碰到了另一条轮船，大家拉一拉回声，各自向相反方向前进。

商店里买东西，虽然是你的时间，仍旧要快买快走，方为得体。因为大商场里人头拥挤，一个店员服务一个柜台，已经相当吃力，有时一个店员，要招呼到二三个柜台，那当然更要当心快买的原则，反正货物多是划一不二价，决不容许你有还价的时间。

有些商场，只有一个付账处，一批一批的顾客，等候着付款，唯有训练极纯熟的“快”手和自动付款的“快”，才可以应付。所以你走到大商场的账柜地方，独看见美国小姐一双玉手，不停地上下忙着按计数器，叮当一声，角子大洋钞票和账单一起交给你，结算也快，找钱也快，很清快的说一声谢谢，要使你留得一个快感在脑子里。她似乎已经成了习惯，别人看她紧张，她却很自然地演出快速度结账的一个镜头。

吃快饭当然上自助餐馆，可是为了自己拿盘子，自己取菜，自己拿牛油面包，还觉得慢，就有更简快地自助餐（Automatic）的发明，这种馆子开设在纽约下城一带，跑进去先换好从五分到半元的美币，各种冷饮，各种小菜，一起放好在玻璃框子里，价目多已标明，你想吃什么，就按照他的价目，投人美币，拉出来就可大嚼，节省了结账付款的时间。

各公共场所，多装有免费饮水处。用纸杯子喝水，喝完了就去掉，还有一种喝水机，有的用手按，有的用脚蹴，清水会送到你嘴里，可称干净爽快。

杂货店买香烟、买糖果、吃巧克力，要等候店员的招呼，就觉得太慢，所以车站、旅馆、学校、一切公共场所，都有自动售货机，投入美币，把扳机一扳，货物和找头一起落下来，拿了就走。连油煎花生米，在地底电车站，都有自动售货机，电车到站，走出车厢，投入五分镍币，扳出油煎花生米上车，边吃边看报，万一到站，电车开走，反正等一二分钟，第二班车就到，这是美国调皮学生常演的镜头！落得再扳五分花生米吃吃，改乘第二班车。

跑马场用最快的照相机，拍最正确的新闻片，终点头马跑到，自动的照相机，早把那只头马拍好，一会儿全国各地的报纸，都已印出来，传递和印刷，何等地快速，使人咋舌！

美国每年著名的各种运动比赛，各报社多有外勤记者在场上打出消息，报馆里马上印上特刊，分送到全国各地，你在运动场看球类比赛，看完了走出大门，就有卖报童子拿了当天当场的运动特刊，等候你买回去细看留作纪念。

美国二大通讯社 U. P. 全球各地满布着通讯网机构，在各报社装置自动电讯打字机，一天到晚，不断地打出新闻电讯，采访全球各地发生的新闻，当天送给各国采用。交通落伍的国家，本国发生的重要新闻，往往要靠美国的电讯来源，自己采访的消息，反而落后。美国新闻事业的竞争，都在消息快速一点上做功夫，大可注意！

纽约时报广场矗立着时报大厦，屋顶四周日夜不断地公布新闻，都用自动电光字，活动缀成，算是“快”的一种新闻报道！

美国各级学校里的考试，采用测验方法，用“十”“一”记号，减省笔答的时间，同时限制时间，在快的条件下测知学生的正确成绩，原来美国人以快为宝的作风，也靠学校教育的力量。譬如交卷的先后，做教师的一定在试卷上纪录好，逢到成绩相同的学生，就以交卷的快慢做等第的标准！

拍小照要费冲洗底片的时间当然嫌慢，最近发明了一种照相机，把拍摄和冲洗底片的一套工作拼在一个机器内。一面拍照，照拍好，卷拢来便经过一种药水，就替代了冲洗，等到拿出来，照相已经印好。从拍摄到印好照相，只有几秒钟就完成，比之拍照和冲洗分开的照相机，要快得多！

纽赛州有一个游戏场，里面好多游戏，多是快的游戏，跑冰场上最快的跑冰的表演，越快越有趣。美国人最喜欢跳的一种舞，名字叫快舞。纽约有一种冰上跳舞，也是表演各种快的姿态。

考试无线电台上的X小姐，不但要咬字个个清楚，还要说话越快越好。规定一分钟能说多少话作标准，因为美国无线电台的广告价目，以分钟计算，用一分钟多少钱，所以精明的广告跑街，要选择说话最快的X小姐。每年苏联化大量宣传费交给美国各电台，广播苏联政策。美国把这种宣传，当做商业性质的广告看，同时认为收听无线电台，是人民的自由，当然不加取缔，所以苏联常常利用美国广告掮客的赚钱主义，同时迎合美国人喜欢快说的脾气，选择说话最灵快的X小姐做广播员，在美国电台，竟有苏联讲话的一个特别节目！

走进美国公司商号以及一切学校机关，不停地搭搭作声，看到美国小姐一双玉手演出是最灵快打字的镜头！好比我们商店里管账先生一只手打算盘的姿态，一样地迅速纯熟！所以考试打字小姐，要拿一分钟若干字来做标准！

美国人走路快，说话快，吃饭也要快，一切交通工具当然要快，美国人天生就一种快脾气！连大小便都想快！快是美国人的精神所在，是一切前进的原动力！

受人欢迎的警察

谈到美国警察的作风，我想中国人听到了，一定会觉得奇妙，英美警察的职权，一样是为了保卫治安，也一样有各种违警律的制定。但觉得奇妙的，是近千万人的纽约市，除了少数交通警察外，很少见到警察在街上巡逻，也不容易找到警局。有一次我因为要考领驾驶汽车执照，在事前纽约的交通局给我一本驾驶考试须知，里面有数十个必须考试的问题，我特地把这许多问题澈底研究，以求完全明了。曾记得里面有一个问题，说是你开车如果闯了祸，不论事情大小，应该先办理什么手续？答案中规定马上到你出事地点的警察局，报告一切。我就想这种事确实重要，可是我在纽约市，从未见到警察局和警察派出所，就请教西友如何找寻警察局，他就领我到我居住地的警察分局去，我一看与普通写字间毫无分别，既无门岗，更无荷枪实弹的警士，当然我因为看惯了我国的警察局和派出所，都有一种武装的布置，所以不容易找到美国的警察局了。

我的西友，再对我说这一间写字间内，还藏着无数武装警士呢，我真像空城计里的老军们，看不出“十万大军”藏在何处。

后来他把这间小写字间里的若干秘密电钮，和对讲电话的作用，讲明白后，我终了然于其中设有许多电化装配，都是直通警察大本营，用来调兵遣将的。繁华的纽约市，下城为热闹的商业区，有时还碰得到一二个武装警察，上城都是住宅区，清净宽广的人行道上，只见娘们儿牵着狗或是推着小儿睡车前进。真难得碰到一个穿着制服手提小木棍的警察先生。可是每隔若干条街道，就有无形的警察，和电杆木一起终年站立着，那就是装在电杆木上的“警察对讲电话匣”。这种特殊电话匣有二种，一种是警察专用的，那当然纯粹为了警务应用，一种是普通市民通用的，要是你在路上需要警察来服务，就可走到路边电话匣旁，开了匣门，取下听筒，就有警察来和你讲话了，但这种“电化警察”的站岗办法，还需要与人民知识程度配合。前年秋天，我和几位美国朋友驾车游纽约郊外的熊山，归途在公路的山岗上，暮色苍茫中，汽车抛了锚，真是四顾无人，行不得也哥哥，这位美国朋友便提议还是找寻交警查讲话，我当时想，山野荒落，如何找得到警察呢？他说这一段山路，一定有“警察对讲电话匣”，后来竟给他找到了，说明地点及警察的分段号数，警察便驾了汽车来救险，还送我们进城。

美国警察的服务，以守法不自私为第一，我在美国，看到了好多电影，都是用尽各种方法来描写警察服务精神，我想这是美国化的制片政策，可是这种宣传，已经有了成效，目前美国社会上，好像都有一种自然的舆论，信仰警察，认警察是一切正直无私的代表，不像政客的狡猾好用手段，所以大家爱护警察，服从警察。平时警察在街上指导人民，总是和颜悦色，尤其看护一般儿童，格外周到。在纽约的几条小学校所在地的街道，在午刻十一时和十二时之间，在校门前的街道上满布警察，如临大敌，这一个镜头在上海演出，一定认为出了什么乱子，其实是纽约警察先生一个最平常的节目，原来他们正在照料儿童，安全走过热闹的马路。

伦敦著名的标准英国人，便是警察先生，高大健硕的个子，戴上一顶像上海救火队员所带的尖顶制帽，立在马路上指挥车辆，十足表演沈看、老练、纪律化的英国作风。我有一次在伦敦的银行街，向警察先生问路，我自问不算矮小，可是他还是弯背低头来和我讲话，讲完话，对着我从上至下，做一个全身的巡视，在板板的面孔上，露出了一丝微笑。经过这一次印象，使我下次不敢多向他们询问，原因极简单，是受不了他们的全身巡视，使我感觉到东方人体格的不够魁伟，为之惭愧。

我最佩服伦敦海德公园的警察先生，穿上笔挺的黑制服，因为身躯高大，手里所拿的木棍，更显着微小，挺胸凸肚，慢慢地踱出去，一眼看到一大群，一大群的人在草地上演说，他静静地走近人群中，也侧着耳朵细细地听讲，尽管你讲的是什么主义，或是什么新奇的学说，以及各种政治问题，也要演讲者和观众没有犯到违警律，他就很自然的离开这一大堆人群，再到另一处露天演说的地方去做自由听讲员，不加干涉。有时走到浓阴深处，遥望着青年男女相互偎抱，演出各种香艳甜蜜的镜头，他的面部表情，一会儿皱眉，一会儿露出会心的微小，再离开这地带，走到儿童乐园那边，和小天使说几句玩皮话，走到大树下，和肚子阅读的老姑娘谈上一谈，再摇摇摆摆向着他意中所要去的地方前进，这种神态，十足表现着忠实服务的精神，用冷静的头脑来分析一切，用老练的手段来应付一切，好像世界上只有伦敦的警察，是最懂得法理和制度，也最能维持社会秩序，这确是皇家忠实信徒的作风。

至于纽约的警察，正和伦敦的警察，成了一个反比例，虽然他们也穿上制服，但是轻快活泼的姿态，从他手里拿的小木棍，随便前后左右摇动，这一点上，便可以理会得到！华盛顿也有一个微小的 China Town，那里开着不少中国菜馆。有一次我在热闹的 F 街上，请问一位警察先生，如何寻到中国菜馆，他满脸笑容和我边谈边走，他问我几个有趣的问题："你打过日本人没有？你们作战好久，为什么现在还不能安定？你是不是共产党？"等等。我心里想，他已费了时间，陪我走到中国城，我应该有些谢意表示，当时我就说要是你有时间，可否同吃一次中国菜，他回答："谢谢你的好意，这是我应有的服务，再会！”掉头就走。

美国人欢喜说笑话，警察也不能例外，只要法律上许可，像中国人所谓“无伤大雅”，也就不以为奇，所以美国大腿戏院里，往往有一二幕噱头，描写警察上差的插曲！无中生有的喜剧，目的在乎使观众发笑，台下的警察，看了也随观众大笑，认为做戏是做戏，事实是事实，满不在乎，并不认为侮辱警察，演出大打出手或表演等一套杀风景的举动。美国人遇到女人最欢喜说几句俏皮话，警察先生又不能例外，有一则笑话，说有一次在某一个场合，一位妙龄姑娘，被一位风流少爷追逐，寸步不离，姑娘奔向警察先生那边诉说，希望禁止这位少年的行动，那位警察先生很自然地向她点了一点头，笑着说：“要是我落了差，脱去了支付，见了你也要追逐呀。”这虽然是笑话，可是把美国警察的轻松活泼，已完全表演出来。

美国的秘密警察，与各国一样穿便服，把番号放在上装里面，遇有公事接洽，先拿出番号来再执行。美国的 F. B. I. 就是他们的调查统计局，是一种秘密特务机关，在这次大战时间，这个机关的情报工作，在他们国内外，都有惊人的成绩，就以目前论，美国各层社会内幕，都有这种秘密警察参加，各种旅馆，各级学校，以及一切公司社团，都在他们服务范围以内，他们在不损害自由的条件下，把每个重要任务和每个团体，调查得十分清楚！留待必要时的参考应用。原来民主国家，也有他们的秘密工作，但是他们的秘密工作，却又绝不侵犯人身自由，决不妨害民主。

海滨浴场中的游泳热

美国是一个新兴的国家，新大陆人民的爱好自由与天性活泼，假使那整个人生来作比喻，美国人像常处在少年时代，换句话说，他们的货多功能，真与儿童和青年人一般的天真。没有一个儿童不喜欢弄水，没有一个青年不喜欢到水边游戏，因此美国人的游泳热，比任何国家要显著，最热烈最精彩的演出，是在海滨浴场。一入夏季，各地公私海滨浴场，完全开放，男女老少，成群结队，像疯狂似的奔向海滨浴场，向海水中寻找快乐。纽约市的位置在大西洋边岸，自然独多设备极好的公共海滨浴场，供给数百万市民免费应用，这种浴场，确是市政建设上的一种大计划。

纽约最大的海滨浴场有二，一个叫做 Manhattan And Brighton 海滨浴场，是纽约著名的消夏圣地，位在 Coney 的倒上，有六英里长一英里宽的地位，建筑完全像大轮船上的甲板，只许人走，不准车辆行驶，在这甲板上排列了无数长铁椅，一任游客憩坐，一面可以看海滨浴场里各种男女的游泳活动，一面又可以远眺大西洋里澎湃的海浪。这里又有极舒适的饭馆，精美的冷饮和英法大菜，一应俱全。这浴场里的各种露天游戏场，也在夏季里应时开放，并有音乐厅，奏演出各种不同的音乐，此外还有一个 Lum 花园，园里有各种不同的彩色游戏，吸引了不少游人。

从各国来纽约观光的成千万旅客，都以一游这个消暑圣地为乐事。纽约的 B. M. T. 地道车，可直达该岛，交通也很方便。

此外另有一个伟大的游泳场，成为玖斯海滨浴场（Jones Bench），距离纽约市有三十三英里，在纽约乘长岛铁路，再转公共汽车，就可抵达。这个海滨浴场，虽然没有前文所述那个浴场来的伟大，可是纽约市民，也争先趋赴，原因有两点：第一，从纽约到这个有用场，必须经过几条公路，都是纽约著名的三线或四线的单程大道，公路建筑的舒适和现代化，比较纽约市内的马路还要好，美国人原以驾车出游为一乐，同时又可到达海滨浴场，再来一个嬉水的娱乐，所以成双的男女，甚至于合家老幼，驾自备汽车到玖斯海滨浴场，格外来得多，这算是双重寻乐。第二，因为玖斯海滨浴场的沙泥，特别细洁，比纽约任何海滨浴场来得有趣，我在纽约一年余，到玖斯海滨浴场的次数最多，我的游泳技术并不高明，可是最喜欢到海滨浴场去浸海水，看到美国人的游泳，完全把他们的肌肉，和海水日光相奋斗，那种兴味真是十分浓厚。

美国人到海滨浴场游泳，他们的注意力，又在领略日光，所以又有“日光浴”和“晒太阳”两种俗语来代表海浴，因为皮肤经过太阳光的炙晒，在身体上要增加不少抵抗力，这完全是一种健康运动。海滨浴场的沙滩上，有两个好镜头，一种是红、黄、蓝、白的障日大伞，成千上万的插在沙中，远远望去，像秋天的落日晚霞，真是五色缤纷，蔚为大观。另一种镜头，是肉的表演，小姐们，少妇们，一大批一大批的曲线美，恣意欣赏，只有到海滨浴场，总能享受到这种艳福。

美国的男人，平常逢到有女人的地方，假使不穿长裤，认为极不礼貌，可是到了海滨浴场，却是例外，那男男女女，大家都穿着游泳衣，男子上身裸体，只穿着一条游泳短裤。女子最新式的游泳装，衣料减少到几乎成为全裸，上身好像只有奶罩，只把乳峰遮盖，下身只有一条极度紧短的三角裤，这样的镜头，只有在海滨浴场中演出，不但毫无半点不自然的意思，并且是一种很平常的男男女女交际活动。

记得我第一次在纽约玖斯海滨浴场漏脸，同行的有男友二人，中美各一，美国女友三人。我和另一位美国男朋友驾车前往，到了目的地，男女分开到更衣室换了泳衣。出来同到海滨游泳，这算是我的海滨处女浴，回想起来，当时我真像一个“处女”，看到她们穿了几乎全裸的泳衣，躺在沙滩上，谈笑自若，我感觉到十分紧张，几乎坐立不安，活泼俏皮的美国姑娘，看出我的弱点，把我一把拖到海滨，强迫我落水。嘻嘻哈哈，拍手大笑，这一个活泼轻快的动作，照美国的风俗，算是海滨浴场上极普通的节目，因为游伴同来，有人就违反了同乐的意思，在交际场中，也许算是大不敬，可怜我十分清瘦，虽然也有几分“骨感”，可是在动人的“肉感”队伍里，只觉得相形见绌，就鼓不起兴趣去游泳了。

到海滨浴场，除了游泳外，有好多种沙地活动，小孩子们带了小铲刀小铅桶玩弄沙泥，乐此不疲，儿童自有他们的兴趣，当然为成人所理想不到的。姑娘们常常做了沙滩上的美国足球，被他们的男友或是旅伴，提起了她们的两手两足，上下左右地摇动，有时被一个男孩子抢到了，抱住了她逃走，好多男朋友追上去夺回，此去彼来，怪声叫喊，算是畅快的寻乐，男女间的关系，到此境界，完全打破！在青天白日之下，沙滩上一双双一对对情侣，相互拥抱着，也毫无顾忌！

海水奇冷，所以大家从海水里出来立刻到沙滩上仰卧，把沙堆在身上，使身子发热，有时也有把身子完全埋在沙泥里，只露出一个头部，这是美国姑娘的戏沙玩意，她们也以这套把戏去对付男友们的顽皮，美国人男女老幼到海滨浴场去，正和到礼拜堂做礼拜，一样地热心。

玩的地方，一定有吃。玖斯海滨浴场的吃，十分简单，充饥的只有煎牛肉饼夹圆面包，和香肠夹长面包二种，此外独多冷饮，像冰淇淋、汽水、牛奶和可乐水等一应俱全，其中以啤酒一项，最受人欢迎，男男女女，喝得酩酊大醉，倒在沙滩上，这是常见的镜头。

在海边游泳，不时有风浪突起的危险，当然他们的安全教育，十分注意到这边一点，岸上有瞭望台，监察男女客人，不准离开海滩过远去游泳，在海边划定了危险境界，有警察乘了救生船满载救生员，随时巡逻，以防万一。所以在海滨游泳，常常听到警笛声，这就是救生船上的警告，一定有人撞到危险境界了，在海里最快乐的游泳，叫做“冲浪”，等候浪潮冲过来，男男女女迎着浪去跳跃，越冲越远，越远越深，上下浮沉，可是这种游戏，不善于游泳的，决不可尝试，随时有一失足成千古恨的危险。

女人骑在男人的颈项里，在海里竞走游戏，又是男人用头颈的力量，把女人抛入海中，男人再做救生员将她救起来，也是海浴中常玩的噱头。中国俗说戏水鸳鸯，真可为美国男女青年海浴写照。

总之，美国人爱好海浴，无分男女老幼，一到海滨，真像“如鱼得水”，只要换上游泳衣，白发老翁，早忘记了自己的高龄，红颜女郎，也忘记了自己是女性，在海滨尽量的运动，尽量的行乐，一副极乐世界图，展开在新大陆的每一个海滨，个人得到健康，群众养成活力，海浴的功能，是否仅止于为游戏，却也是值得深思的。

整齐清洁的华盛顿街路

在一个威风拂拂阳光和煦的下午，我到了美京华盛顿。那是一个象征着民主的城市，四周都是森林，大多数的建筑，既不过高，也不过低，不像纽约市容，挤满着许多高耸云霄的摩天大楼。并且屋旁大都留着许多空地。

我在 Raligh 旅馆里稍为休息了一下，带着兴奋的心情到马路上去散步。成群结队的汽车，来来往往的奔驰着。街道很清洁，而且特别整齐。一个陌生人只要费上几分钟的功夫就可以认得全城的大部分街路了。全城以 Capital 大厦为标准点，分为东北、东南、西北、西南四大区。在热闹的区域，凡是由南至北的街道，都拿数目来分别，例如第一街、第二街量贩式自动到西的街，都用英文字母来分别，例如 A 街、B 街。那些斜穿的马路，又用各州或大城市的名称来作为路名，如纽约路，本薛伐尼亚路等，其中要算本薛伐尼亚路最长，华京的街路，是在最合乎大家的理想。

雅淡的白宫

次晨十时，我已到了本薛伐尼亚路一千六百号——白宫（White House）的面前了。白宫的房屋虽不算高大，但它连空地所估的全部面积有十八英亩。在屋旁的空地上，种了八十种不同的树木，景色美丽极了。

除了总统的卧室和办公室外，白宫的其余各室都一律开放，任人参观，富有平民化的精神。

白宫的墙壁是用佛基尼亚的灰色沙岩筑成的，漆上白色，所以名为“白宫”。这座建筑物是长方形的，有一百七十尺长，八十五尺阔。连地下室共有3层。基石是在十八世纪末年奠定的。它的外观又庄严又朴素。每年来参观白宫的游客有一百万人之多。

我先到东厅（East Room）去参观。那是白宫各室里最大的一间，长八十七尺半，阔有四十五尺。地板漆得很亮，光可鉴人。三盏壮丽的水晶灯座，悬在离地板二十二尺高的天花板底下。在东墙和西墙有四只壁炉，炉上边的装饰是用法比两国的玫瑰色大理石刻成的，美颜极了，好像见到了新娘的脸，那样地令人可爱。在这四个壁炉的上面，装着四面镀金的镜框，框中嵌着华盛顿、林肯、哲斐逊和富兰克林的半身瓷像；那些瓷像是由法国名技师精制的。此外，还有两幅著名的画像，一幅是斯兜阿脱（Gilbert Stuart）画的乔治·华盛顿，另外一幅是安特刘司（A. F. Andrews）画的马泰·华盛顿，这两幅画得栩栩欲活，富有吸引性，真不愧是名家的手笔。在其余的墙壁上，布满着浮雕，都取材伊索寓言。雕得活泼生动，令人百看不厌。

从东厅出来，我先去看次大的餐厅，此厅可容纳一百零七个食客。全屋的墙壁嵌着英国橡木，天花板上有灰泥的浮雕，墙壁的一边设着一只大壁炉，炉边镶着一块很大的宝石，上面供着林肯的肖像，由胡佛德统亲手悬挂的。整个餐厅配上绿色的装饰品，窗帘和地毯等都用绿色的天鹅绒制成。

在同一层上，还有蓝室、绿室和红室，都是把陈设的颜色来题名的。蓝室是总统的私人用会客厅。室作长圆形，所以也有人称之为卵形室。室里的墙壁是蓝色的，窗帘也是蓝色的，上面饰着许多金星，这是白宫里顶漂亮的一间，器具的考究，自然不言可知了。在绿室里，墙上镶嵌着一层白瓷板，罩着一层绿色的天鹅绒，挂有哲裴逊等总统的肖像。红室里装饰着红色的窗帘，室里陈设着日本大使送给罗斯福夫人的洋娃娃，墙壁上悬的是罗斯福和克利扶兰的肖像。

我费了三个小时，游遍了白宫里准许参观的各室。这时饥肠辘辘，不得不带着快慰的情绪踱出来，白宫好比是一朵白莲花，具有淡泊、文雅、大方的特性。

华贵的国会议事堂

翌日上午，我又去参观了美国的心脏，一亿三千万人民的自由和民主的发源地——国会议事堂大厦(Capital)。这是世界上最壮丽的建筑之一，画栋雕梁，不是笔墨所能尽述的。

此一大厦基地有三英亩半，四周空地占着五十九英亩弱。大厦所用的石头，是采自马萨诸塞的大理石和佛基尼亚的沙岩。它北部的基石，是在一七九三年九月由华盛顿总统隆重地矩形奠基典礼。主屋完成于一七九七年。全屋作长方形，长七十八丈，阔三十三丈。建筑费用化去一千六百万美金。这算是美京最大的屋宇。每晚电灯照耀得雪亮，更显出华贵壮丽的气象。

国会议事堂的正门铸有新大陆发现人哥伦布的铜像，左右两边塑的是和平神和战神。中间的大门，是一对十吨重的铜门，于一八五八年在意大利设计，后来请德国人缪勒（Muller）铸造的。门上面刻有哥伦布的事迹。正中的圆顶屋有三百另七尺高，外面漆着白色。顶上立着一座十九尺高的自由神像，俯瞰着全城。圆顶屋圆盖的内部，画有华盛顿获得自由和胜利的图。在底部，四周是哥林多式的列柱，共有三十六根。柱顶线盘的中部（Frieze），周围有三百尺，高有九尺，这上面装饰着许多浓淡的壁画，画的都是哥伦布等名人的故事。在圆顶屋里还陈列着华盛顿和林肯等八大名人的雕像。墙壁上还绘着签署独立宣言等的历史画。这简直像一座艺术之宫，细看起来，不是一天可以欣赏得完的。

国会议事堂除了星期日和列假日外，是全天开放的。大理院和上下议院都在这座大厦里。大理院仅有一间。室作长方形，可容一二百人。上议院在它的旁边，布置得非常精致；下议院比上议院大，布置得也大致相仿。

国会议事堂好比是牡丹花，具有富丽堂皇的特点。有人说美国人的俭于白宫而丽于国会议事堂，为重视立法机关的证明，这虽是一种臆测，但却含着至理。

国会图书馆

俩开国会议事堂不远，有一所化了十八亿美元，在一八九七年造成的意大利式的建筑物，就是著名的国会图书馆（Library of Congress）。这是全美规模最大，藏书最富的一个图书馆，共有藏书五百万卷，其中有中国书数万卷。据说世界各国的图书馆。除了中日两国之外，所藏汉文书数量最多的，就要算这个国会图书馆了。馆中所藏除了书籍外，还有各种图表、油画、地图、乐谱和无数手写稿。

留美的中国学生里，也间或有人到这里来搜集材料的。管理汉文图书的职员，是一位陕西籍的同胞。

国会图书馆的建筑，在十九世纪末叶，公认是营造上的一件杰作。在他的底下有地道，逢到国会议事堂开会，议员们需要参考书的时候，只要通行地道，到了图书馆中，一索即得。

图书馆全屋是长方形的，长四百七十尺，阔三百四十尺。屋基估地三英亩半。墙壁是用名贵的白色花岗石和白瓷砖砌成的。全屋三层，底层是总管理室和盲人阅览室等等，第二层是议员阅览室，期刊室和誊录室，在中间的圆顶屋下面，就是大众阅览室。各室中最大的一间，称为中层厅（Central Stair Hall）。

走到中层厅去，先要经过一条小小的走廊，这条走廊里陈设着八个女神的像，头顶的天花板是用金叶装饰的。游客到了中层厅里，无不惊叹它的精美伟大。厅里的地板是用五彩的大理石砌成的。中央是一块光滑的黄铜，向着四面八方放射出一条条的光带。周围都是精光的意大利大理石，哥林多式的圆柱托住了笨重的穹隆。各种各样的雕像，嵌细工的东西（Mosaic），浮雕和图书，布满在各个适当的地方。那些浮雕是马蒂尼（Martiny）的制作。他在白色的大理石围栏上雕出各种行业的人物。在扶柱上还有许多的美丽小天使。

一个游客见了各间厅室的广阔，圆顶屋的伟大，不免要惊异起来，以为自己进了大人国啦。你瞧罢：圆顶屋的直径有一百尺，各室的窗有三十二尺开阔，柱有四十尺高。各处苦心经营的灰泥细工，做成各种东西：拿着花环的安琪儿咧！鹞鹰咧！女人的脸咧……每件都做得活泼生动。在八根大柱上，装饰着巨大的人物，象征着宗教、科学、诗歌、法律、哲学、历史和商业。在扶手上有几个学术名人的青铜像。圆顶屋的环边里，是勃拉希裴特（E. H. H. Blashfied）绘的壁画，描写十二个时代的文明演进状况。

国会图书馆像国会议事堂一样，富含艺术的意味。我在倦游的归途中，回味着一切，好像刚吃过橄榄的样子。

美国茶

上美国朋友家去做客人，并不是普遍地有享受吃茶的权利，这一点是中西习俗不同的地方，在中国，客来备茶，几乎成了家喻户晓的一种不成文的法律了，但在美国，他们所谓“茶”，另有一种解释，是指“点心”而言。吃的时候，除了预备几杯茶之外，特别每个人都要吃极简单的几色西点，慢慢地一口口的吃着饮着，这情景，真与中国人邀请三朋四友的饮酒有些类似，至于美国人的喝酒，却真是一大杯一大杯的喝，二三瓶啤酒，往往一倾而尽，不足为奇，这里用“喝”字来形容美国人的饮酒，在他们真可以当之无愧。不过喝茶二字，未能与他们的实际动作相符，因为美国人吃茶，需要“慢慢吞细细饮”，与中国人吃酒一样的费事。

这真是一个很有趣的对比：中国人喝茶，美国人饮茶；中国人饮酒，美国人喝酒。

美国有一种专供吃酒的所在，这就是酒吧（Bar）无论是开设的地点，开设的时间，都可与中国的菜馆相提并论。美国的车站街道以及任何的娱乐场所，笼罩着特有宁静而轻松的气氛，只有 Bar 是例外，他好像不甘寂寞，密布在各大街小巷中，自清晨起至深夜十二时，出入的客人，络绎于道，其中的角色包括男女老幼。乘着酒兴，上至国家大事，下至米盐琐屑，无所不谈，有时甚至于吃醉了，纵酒高歌……，没有吃醉的，决不会忘记为他的女友付清酒费，这似乎是他们应尽的义务。

Lady First 的口号，在美国社会中，尤其是在酒吧中，仍占有很重要的位置，一切风土人情，在这儿表现得最澈底，给海外旅行者一个良好的考察机会，正像中国的流风习俗，显得于街坊间的茶馆中一样。假如你预备赴美考察的话，别忘记这儿是发掘海外珍闻的地方，这里有无尽的宝藏。

只要化几个小角子的代价，可以给你喝酒，供你休息，又有享受各式各样珍闻的机会，真是一举三得，何乐而不为呢！特别是远寄海外的我，出在如此热情而轻松的Bar中，不禁想起了祖国的茶馆，怀恋中带有一些怡悦，在万里之外，竟也有机会领受类似祖国茶馆中喝茶的情调。

所不同的，这儿喝的是酒而不是茶，可是它的方式，毕竟与喝茶太相像了，所以在Bar中喝酒，我特地为它题了一个别号，称为“喝美国茶”。

联合国大会侧影

爱好新奇，差不多是人类的天性，在去年的联合国大会中，四五十国代表，会集一堂，真是洋洋大观，充分满足了我的好奇心的要求，因此我当时所见所闻，最感兴趣的，分段录在后面。

联合国会址之争

静静的成功湖，在纽约城外二十里的郊区，到联合国大会的会场，一定要经过纽约最漂亮的大中央公园路（Grand Central Park High Way）这条公路的精致雅洁，显然是经过了二十世纪科学的洗礼。

去年开会时，正在秋天，气候温和，大自然也似乎在奉承联合国代表，使他们在这么好的天气中，举行第一次大会。联合国的会址，未确定在成功湖畔以前，曾有过几度的选择和变选。

联合国会议，既决定在美国设置会场，是美国四十八州的人民，感到无上的荣幸。

为了获得这荣幸，每一州人民都希望会场设在自己的土地上，问题因此发生了，大会并不需要四十八个会场，在供过于求的情况下，唯一的办法，就是竞争，竞争的结果，纽约州和加利福尼亚州最估优势，两方各有理由，不肯退让。

纽约州人民的理由，是为了纽约是美国文化中心，大会当然要在一个能够代表全国性的都市中举行，加州人民所持有的理由，却说这次大会中最重要的国家，都在东方，并且加州的旧金山，是联合国召开筹备会的所在地，饮水思源，筹备会与大会应在同一地点召开，况且旧金山风光明媚，四季如春。不仅如此，若从军事上的位置来看，也是一个重要所在。美国参加第二次世界大战，其动机发生于珍珠港之被袭，为了监督珍珠港，奠定世界永久和平起见，世界和平的机构，设立在珍珠港，应毋庸议。

当时两州的宣传及争论，确是非常剧烈，很像竞选时期一样热烈的争议着“投我一票”。其实会址的确定，只是联合国工作的一小部分，甚至无关紧要的一部分。后来择定在成功胡，然而联合国是否成功，毕竟是一个迷。

闪电式的翻译

联合国会场的门外，最令人注意的，就是一个圆形的旗架，四周插满了各国的国旗，五色缤纷，煞是好看，飘扬在明亮的日光下，正像生辰蛋糕旁的小烛，一样光辉耀眼，象征着联合国大会的前程无量。

第一次联合国大会，在去年八月召开，当时我以来宾的资格，去参加盛会的，心中就觉得有一个困难的问题，将要发生。从前我曾有过这样的经验，与一个言语不通的外省人，或外国人一起的时候，各人籍以表情达意的口语，便会完全失去效用，现在这许多国家的人物，聚合在一起，语言隔阂，一定要造成会场中最大的麻烦。事实却不然，欧美人利用缜密的头脑和科学方法，一切困难，自可解除。

会场入口处，有特设的四个问讯处，各挂着一块牌子，上写“中国”“英国”“法国”“苏联”，譬如你只懂法语，可到挂着“法国”牌子的窗口去问讯，里面的女职员，就会用很流利的法语，回答你的问题，对于其他国当然也是如此。问讯处的那些年青女职员们，更有陪伴来宾参观会场的义务，不过允许参观的时期，每星期只有二三次，参观者必须事先和他们接洽好，不然一定会败兴而归。

初入会场，犹如刘姥姥进了大观园，眼见的东西，没有一样不是新奇有趣，尤其是每个座位上，都装着和电影院中“译意风”一样的听筒，具有四个电钮，把听筒套在耳朵上，立刻可以听见在会各国代表的辩论。他们的语言虽不相同，但经过神妙的翻译方法，传到听筒中，完全成了清一色的英语、法语、中国语或苏联语了。我第一次在听筒中听见的是英语，为好奇心所驱使，用手去按动电钮，听筒中立刻变成了法语，经过好几次试验，我知道这四个电钮，担任着翻译中英法苏四国语言成为一国语言的任务。我们中国人，只须按动“中国”的那个电钮，听筒中立刻可听出各国代表的演词和谈话，已全用中文译给你听了。

译成中国话，和各国代表说话的时间，相隔不过一二秒钟，不仅是言语的意思完全相同，声调的高低快慢，抑扬顿挫，都和原发声者一模一样，这种闪电式的翻译法，引起我极大的兴趣。因此请人陪我到播音室去参观，地点是在会场二楼，共分四间，每个专司一国语言翻译，如第一间专把各国代表的话译成英文，供英国人收听，第二间专译中文，所以译员必须精通中英苏法四国言语，才能胜任，言语上的扞格，籍此获得完满的解决，这不能不算是一个新奇的方法。

此外，在大饭厅的四周，有各国纪念物及特产出售，也可说是一种新奇的点缀。中国的刺绣，在这儿大出风头，生意奇佳。

郭代表俭约可风

美国新闻事业发达，当联合国开会时，各报馆发动了大批新闻记者，用高价收集珍闻，但因大会开会情形，各报均有记载，不能算是奇闻，为了要标新立异，不得不另出冷门，从各代表的私人生活中去找题材。

其时曾有两个很动人的笑话：

联合国大会中，各代表乘坐的汽车太多，如何安置这些交通工具，不致妨碍秩序，浪费光阴，确是一件很伤脑筋的事，当事者曾化了许多时间，研究这个问题。

到大会来的汽车，距会场一里路以外，即有特派的管理员，指导你应该怎样进入指定给代表或来宾的停车站，停车站以ABCD将各国汽车分类，如中国人的汽车，用C字做符号，如果你是中国来宾，一进入来宾停车站，找C字汽车的编号，就能找到你的汽车，这件事，英美人做得相当纯熟，所以赴任何约会，从来不会因找不到汽车而延误时间。

有一次，纽约市长约各国代表到熊山（Bear Mountain）去游览，从赫德逊河（Hudson River）乘船可以直达，事前规定了出发的时间，在赫德逊河畔集合，我国代表郭泰祺因未有自备汽车，打电话雇出差汽车到来，急急赶去，已经误时，幸亏警察见是中国代表落伍，急忙加以援助，备了巡逻汽船，开足马力追去。第二日，美国报上，即有这一段消息：认为郭代表俭约可风。

美国的建筑物，都是非常伟丽而且整齐，数十层的房屋，自底至顶，形式都极其相似。因此，住旅馆找房间，非经历过一番训练不行。有一次，某国代表回旅馆去，无意中走错了门号，闯进一个女客房间中去，很冤枉地受了那女客一顿责问。在中国走错房间，只要说一句道歉的话，就可完事，但欧美人却视为没有得到允许，随意闯进别人的房间，是大大的失礼。喜欢记述零星的琐事，披露各代表笑话的美国记者，于是又把这事加以渲染，作为笑谈。

伦敦地道车

美国人喜欢新奇，什么东西都比保守成性的英国人来的漂亮，唯有地道电车是例外。

伦敦的地道电车，密布在大伦敦市的地底下，无论轨道的计划，车站的建筑，各线的衔接，都有惊人的表演，至于地道车站的清洁美观，和车辆的华美舒适，更是美国地道车所不及。伦敦是大英帝国的首都，英国人的君子作风，特别要在伦敦做成模范，加以伦敦的人口快到千万，市民的主要交通工具。完全靠地道车，所以每一个旅客进入伦敦市，当局就会指导你向百老汇路五十五号 London Transport 公司，免费取得地道车的线路一览表。你拿了这张表，可以通行无阻的到各处去游历，既经济又便利！我为好奇心所驱使，一到伦敦，就按照地道车的五条路线，全部乘坐完毕。反正票价十分便宜。经过这一次硬性的坐地道车笨方法之后，居然把伦敦东南西北的交通要道，完全弄明白，时间整整费了一天，化钱却不到一镑。

伦敦的地道车，有一个全市一律的标准牌子，式样和颜色，设计得十分美观，一个深红色圆圈中间，横着一条黑牌衬托出 Under Ground 几个白字。这一块黑底白字牌，把深红圆圈划成两半面，上半面写 London，下半面写 Transport，着一种地道车的标准牌子，很明显地装置在地面上，告诉你地道车站就在这牌子的地下。这牌子上装着霓虹灯，伦敦战后为节省电费，任何地方，任何公司商号，一概不准装置霓虹灯，唯有这块地道车牌子的霓虹灯是例外。

伦敦的地道车分为五线，第一条路线最长，包括整个大伦敦市区，叫做“大都会线”。这条路线的里圈，都是最热闹的区域，很像从前伤害的六路圆路。行使圆线，没有上行下行的分别。凡是在这条路线圈里所经过的车站，任何车站上车，都可以达到，这是初到伦敦的旅客，最容易认识的一条地道车路，我当然也如此，第一次就在这条路线上“团团转”打了好几个圈子，把每个车站的名字记清楚了。

记得当时，我曾向友人很夸张地说：“我已经会得独自乘坐地道车了”。那位先生回答我道：“是不是你曾乘圆路的地道车”？他进一步说：“这是乡下人进城坐车的死办法！你要详细知道如何乘坐伦敦地道车的方法和路线，至少要费一星期研究……”我才知道伦敦坐地道车的复杂，这条路线的外圈都是通至郊外的电车，和火车联接，二三分钟一班一班地连续开行，随到随乘，所以无须早些到站候车，也无所谓迟到，总之你一到地道车站，就有车子来接你！伦敦四方郊外与市内交通的联络，这条路线是最重要的主干。

第二条路线叫做 Bakerloo Line，把市区的 Baker street 做中点，东北至西南分成二路，一部份路线和大都会路线相同，都是到郊区的主要干线。第三条路线叫 Pieadilly 线，Pieadilly 线，是伦敦最热闹中心点，这条线经过的地方，当然都是在市区部分，很热闹的区域。第四条路线叫 Central Line，从利佛浦街到伊林百老汇路，横贯在市区的中央，而以牛津街为中心。第五条路线叫做 Northern Line，当然是偏于北方的路线。这五条路线用五种颜色分别，第一条用绿色，褐色代表 Bakerloo Line，蓝色代表 pieadilly Line，红色是中央线，黑色是北方线。你一进地道车，就可以见到这种不同颜色的路线地图，指示你乘坐各种路线的车辆。

地道车站的月台，在白石的墙壁上写出车站的名字，在地底电车进入车站的一分钟前，墙壁上已经都有地道车标准牌子的记号，同时标出车站的名称，等到车到月台，无线电播音机中，已经在喊着车站的名称，因为停车和开车，都在快速度中进行，不得不有耳听眼看双管齐下的办法，这是给陌生旅客的一种便利。伦敦地道车不像纽约的地道车，采用投五分镍币的入口办法，一律要买票乘车，地道车一天有几百万人乘车购票，各地道车站的购票，是一件极复杂的活动。

旅客到地道车站，除排队购票之外，另有各种自动机器购票办法，譬如你拿了五分便士，要买一便士的票，你尽可把五分便士投入一便士的票筒，它会把一便士的票子，和四便士的零找，听到钟声一响，都给你送在筒口。有了如此简便迅速的购票办法，但毕竟因为乘客拥挤，还常常排了长队等候着。

这次大战中，英国男女同在战地服务，所以在普通的车厢里，除了遇见老弱有让座的义务外，对于女子已与男子同等看待，为Lady 而让座已不常见，可是伦敦的君子作风，却在地道车里，还可以看到。

华盛顿故居的佛能山

游览美京的人，如果不到佛能山（Mount Vernon）去一游，是觉得很错过机会的。佛能山离开华盛顿十五里，属于佛基尼亚省区内。从华盛顿到佛能山可以乘船或坐汽车去。

那一天，我坐了船，在波多马克湖（Potomac Lake）里开行，湖水清澄，两岸景色很好。一向住在城市里的人，到了这地方，别有一种耳目清净、舒服、胸襟舒畅的感觉。我和同船的游客谈谈笑笑，大约一小时候，就到了目的地。

踏上青翠的佛能山，走到美国国父华盛顿的故居前，买了门票，由招待员领导，走进屋子去。招待员好像是一位考古家或历史家，对于每件东西都有详细的说明，尤其关于华盛顿的事迹，知道得非常详尽，并且谈吐不俗，对人很有礼貌，游客有所询问，无不详细解答，毫无厌恶的态度，所以极能引起游客的好感。

屋里的陈设，都保存着华氏生时的故态。足见美国人对于伟人的尊崇了。

据说华盛顿故居的主屋，是在一七四三年由乃兄经手建造的。一七五九年春季，华盛顿娶了一位年轻的富孀葛斯蒂丝（Martha Gustis）为妻，就在这所物资里度着甜蜜的新婚生活。华盛顿住下后不久，把屋子扩充起来，加建了一层楼房和几间附屋，并且将全屋粉刷了一下。他们夫妇两人在这山明水秀的地方，一直住了十五年，日子过得很清闲。直到一七七五年。华氏离开了那里，到波斯顿去充任革命军首领，为民主与自由奋斗。他在外六年，奔走各地，没有回乡的机会。第七年上，他因公经过故里，终回到佛能山与家人一叙。

美国革命成功，华盛顿被举为大总统，他先后任职了八年，于一七九七年卸任，又到乡下去隐居，在家读书，研究政治和文学。隔了二年，在一个寒冷的残冬。这一位划时代的伟人离别了人世。再过三年，他的爱妻也接着逝世了。他们死后，这所屋子就遗给了族人。族人不大注意这所造在冷落地方的屋产，从此废弃不用，也不好好的修理，弄得渐渐破落起来。直到一八六〇年，有一个名坎宁芳（Ann Pamela Cuningham）的见到保存古迹的重要，集资二十万美金，购下这所历史性的古屋，雇匠修葺了一番，并且很努力地访问父老，搜集史乘，把屋内的家具，一件一件照着华盛顿生时的样子陈设起来；任人瞻仰。

这座古屋是长方形的，而对着波多马克湖，屋旁有花园和草地，布置得又古雅又幽美。在古屋的北部，有一所宴会厅，厅里的天幔是由法国艺术家设计装饰，花纹之精巧，无可形容，厅里的壁炉，用大理石做成边饰，也配合得很好看。最能吸引游客注意的，是法国王路易十六赠给华盛顿的一床地毯，地毯是五彩的，上面织着极细致极复杂的景物。此外还有比勒（Peale）与司梯维脱（Stewart）两氏所绘的华盛顿像，画得栩栩如生。屋里有一间广阔的厅堂，墙上有着色的嵌线，悬着行猎时所用的号角和四把指挥刀。我看了这些东西，在脑海中立刻浮现出华盛顿很威武地骑在马上，带着号角和武器，背后跟着几个随从，在旷野里奔驰，追逐禽兽的一幕。在楼上，华盛顿的卧室里，放着他临终的卧榻，和乃母坐的摇椅；一切陈设，完全和他生前一样。

华盛顿生时，收藏许多书籍，可是在他死后，散失了不少，现在只存不多几卷，还保存在他的书房里。他生时所坐的椅子和写字台也陈列在那里。

名垂万古的华氏，素尚俭朴，所以他的居室布置得并不富丽，简直看不出是一位元首的居处，这是值得我们敬仰的。

走出古屋，就是一块广大的草地。在草地的南面，筑着华氏的坟墓。坟前古树参天，常春藤爬绕在各处。在那高伟的碑旁，葬着这位善始善终的大人物。游客们站在墓前，默默地脱帽鞠躬。

从墓地出来，我走到附近的一个小亭子里面，那里放着一具自动的售货机。我照着机上的说明，投下硬币去，转瞬间，就送出我想要的纪念明信片。我一连购了好几张，就在旁边写上几个好友的地址，发给他们，作为纪念。那里还有关于华盛顿的书籍和各种美丽的画片可以买到，我也选购了一些。美国人对于伟人的崇敬和保存古迹，可以说是无微不至的。

我以崇敬的心情凭吊了这个古迹。

时候已近黄昏了，我就坐了汽车回到热闹的京城里。在短促的归途中，我作着种种遐想。

美国人的特殊作风

到新大陆后，从各层社会里所看到的，和国内情形一比，简直大不相同，总之，是自有一种特殊的格式，我就给它来一个名字，称为“美式”。用英文讲是 American Style，也可叫做“美国作风”。

这里描写的美式，不从政治、经济、文化等大问题开头，而要先从“女性”说起，我可以武断地讲一句，美国人都是根本崇拜女性的，很有些像红楼梦里的贾宝玉脾气，十分爱护女性。无论任何场合里，有了女性，就圆满了，一切活动，好像都是为了女人创造的。走进美国社会，看到女人的势力和权威，可说完全是由于美国男性甘心驯服所造成的。拜倒在石榴裙下的那种描写，在美国男性看来，几乎认为天经地义，自然的法律。

好莱坞的女明星和纽约百老汇路时报广场一段夜总会（Night Club）里的女歌后，她们穷奢极侈，享尽人间乐事，当然不必谈。就是各大公司的女店员，各机关的女书记，以及大学里的女学生，都能演出“唯我独尊”的气概，自然也有她们所征服的男性，随时随地在导演或养成一般目中无男的美式女性。

美国有一个字叫 Serve，意思是服务，好像专为侍候女人创造的名词。男女交际，男性就要牢记“服务”的伟大否则就一辈子交不到女朋友。在美国女性可以指挥男性做各式各样的服务，男性也以为越多越好，以博得女性的称心满意。在男女交际场中，如果女的说出我很满意一句话，在男性心理上，便认为无上快乐，无上荣幸。美国历史上有好多大文豪、运动家、名演说家，都由于女性奖励成功，真是不胜枚举。

我们一看美国电影里男性受女性鼓励的戏剧，就是一种有力的铁证。这次大战，美国少爷在世界各战场作战，全美国鼓起劳军运动，把歌后影星以及交际场中的美国小姐，用飞机送到各战场去慰劳将士们，这是一个最聪明最有效的劳军节目。当时各战场中的“顶好”勇士，在无线电里听到了这个消息，面部上都露出一种会心的微笑。

美国小姐到了相当年龄，和男性的交际，绝对自由，星期六星期日，女儿在家没有男朋友来拜访，或出去游玩，在她自己觉得是最难为情的一件事，父母的心理上，也认为很不体面。要是女儿在周末或是星期日，男朋友来约她出游的人愈多，便是觉得光荣。这真是“美式小姐”莫名其妙的交际。

在美国人日常的谈吐里，往往脱不了兴趣（Interesting）这个词儿。原来美国人的生活都以兴趣为中心。一旦缺少了兴趣，简直会发生不要活的心理，等于重视“不自由，毋宁死”一样。美国人既然如此重视兴趣，所以个个人充满这天真活泼的气象，不像中国人那样老成持重。和美国人谈话常常可以听到兴趣这个字，仿佛他们的口头禅或应酬话，好像中国人相见时，总得先问一句“饭吃过了没有？”由此可以见到中国人的生活着重于吃饭，美国人的生活着重于兴趣。

有一次我在一个美国人家吃饭，主妇一定要我讲游美观感，她说“It’s Interesting.”我就微笑着回答她：“在你们的谈话里，兴趣很多，我也听得很多了。现在要我来讲兴趣的事，好比小巫见大巫，你们反会不感兴趣了。原因很简单，这个兴趣实在不确实，不诚恳，完全是应酬敷衍话，那里会引起人家的兴趣呢！”那位主妇也点头称是！

美国人无论开会、治事、研究以及办公，无不含着浓厚的兴趣，这样子做事自然提得起精神，精神好，效率也会高了。

美国人无论男女老幼办了一天公，至少要有一次兴趣的游戏，或是吃喝。所以一到他们散班之后，家里就坐不定，大家到公园、啤酒店、电影院、音乐会等地方去寻兴趣的快乐，有些不到这些地方去的人呢，至少要驾驶了自己的车子，上城下城地去兜风，或者停在郊外，望望野景，听听鸟鸣，也算找到了他们底生活要素——兴趣。

他们为了获得兴趣，耗费汽油和时间，完全不放在心上。

你只要看美国人谈话时的姿态，头一扭、肩膀一耸、眼睛和鼻子都在活动，来助长他的神气，他们为什么要这样费力来讲话呢？原来也是为了增加听者的兴趣啊！

美国人在交际上有与中国最不同的一点，是招待客人，要表扬自己的好处。自己的优点，当然要尽量说出来，就是不十分惬意的东西，只要是他自己所有，也要特别装腔作势，描写其好处。在美国人家里作客，主人必然殷勤招待你看东西，房子的建筑，如何设计优美，一切设备，如何精致舒服，甚至一块草地，一条地毯，一架钢琴，都要向客人称道。吃饭的时候，更会特别称赞他自己的酒菜怎样好，这种招待客人的情形会使初到新大陆的谦谦君子——中国人——弄得莫名其妙。其实美国人有一个极简单的原则，就是属于主任一切的一切，都希望客人说一声有趣，或满意，在他们爽直的心理中，认为我用最好的东西来招待客人，客人一定会满意而发生兴趣了。换了中国人在家里请客，那种自谦的风格，如对于自己的设备和酒菜，避免用“好”字，甚至说出种种谦词，在美国人也一定会弄不清楚，反觉得这主人是有些失敬意了。

“世界第一”，是美国人的普遍心理，这种现象，随时随地可以见到，各种工商业广告，称赞美国自己的出品，当然说“世界第一”。纽约市是“世界第一”繁华的海口，恩派亚帝国大厦有一百零四层，当然也是世界最高的建筑物。我在美国和美国朋友谈话，时时可以发现“世界第一”的口头禅。最可笑的，是在旅行指南上，指出旧金山的中国城（China Town）是“世界第一”的中国城。其实旧金山的“中国城”，不过有了中国宫殿式的建筑，和中国侨民，中国接线生等等而已，当然比不上我们中国的“中国城”。还有“世界第一”的中国式炒面，也是纽约一家中菜馆里标出的招贴，我去坐了一次，可说完全没有中国味道。

美国少爷小姐的奢侈，是世界闻名的，可是他们在经济上的画清界限，毫不通融，却也使人惊异，夫妇经济，各自独立，已是司空见惯，子女成婚之后，儿媳要是仍旧租住父母的房屋，要按月付房钱，朋友有通财之谊，然而美国朋友是例外。好在美国保险银行和扶幼养老等公共安全制度，办的最有成绩，所以各人的生活，相当安全。只要有职业，无需东挪西借，最熟识最知己的朋友，在饭馆里碰到了，同桌吃饭，一边吃，一边讲，末了各付自己的账。机关或是学校里的同事，常常有会餐，商谈公事，好在他们是分食制，尽管为了公事会餐可是公事谈毕，末了仍各付各账，除非事先说明发请帖，从来没有人会钞的。

有一次我在纽约考试驾驶汽车，以期获得驾车执照，为了避免临时局促，事先向美国朋友借了一辆汽车来练习。这位朋友我相当熟悉，他当然很愿意帮我的忙，可是他说“所耗汽油，要你偿还”。我晓得是美国人的脾气，马上说：“当然照办”。

等到我练习过后，照油表上所耗的汽油量，偿还他的汽油费，他收了我的钞票，再仔细去查看油表，我更明白美国少爷这种锱铢必较的脾气，不等他问我，我就对他说，“是不是我所付的汽油费还不够？”他说是，我又问差多少，他很快的说：“似乎还要给我一角五分”。

你想朋友临时借车，要付油费，在中国简直不成为交友之道，何况这小数一角五分，还要核算清楚，岂非笑话。但在美国，像这样的情形，却认为是极平常的，也极正当的，我真佩服他们的坦白认真。

富丽的盐湖城

我国江苏省的盐城，并不是以产盐著名。美国位于泰省（Utah）里有一个盐湖城（Salt Lake City）。倒是名符其实的产盐之地。同时在文化上讲，在于泰省里，盐湖城也处于领导的地位。盐湖城是位于泰省的大城市，占据着一块很大的面积，城的东面，有淮沙岂山（Wasatch Mountains），西面和西北面就是产盐的大盐湖（Great Lake）。盐湖过去，是亚桂尔山（Oquirrh Mountains）

在数世纪前，盐湖本来是一个清水湖，它的面积，要比现在大十倍，差不多占去了泰省西北部的四分之一。那时盐湖最深的地方有一千尺，靠近城的一边，只有九百尺深，后来因为气候变化和水流转向之故，盐湖里的水渐渐减少，成为现在那样大小，并且在湖底录着大量的盐质，竟有六百万吨之多，真是一个不易开尽的福源。

现在的大盐湖有三十五里阔，七十五里长，深度只剩二十尺至五十尺，盐的成份，视地段而异，有些地方含着百分之二十八，有些地方只有百分之十五。但随便那一处的湖水，密度都大的惊人，湖水是以托住人体，不会沉下去。不过盐湖里的水，是会刺痛眼睛、鼻孔和咽喉的，所以不宜在湖水里多逗留，否则这是最好练习游泳的地方。

在盐湖里有许多小岛屿，上面栖息着各种禽兽。其中一个最大的名叫安蒂洛普（Antelope），岛上有野牛等动物；还有一个较大的叫弗昌蒙岛（Fremont Island），在一八四二年弗昌蒙船长和他的船员曾经到过，现在这岛上辟为大牧场，养着许多羊群，一望无际的绿草地上，映衬着雪白的羊群，好看极了。到了这种地方，可以忘却尘世间一切俗事，希望自己也来充名牧羊人，堤上以及湖四周的盐滩，每年蒸制大量的盐，装运到各地去销售，盐湖城的富裕，大部分是盐造成的。

盐湖城是摩门教（Mormon）徒的居处。在一八四七年七月二十四日，摩门教第一批教徒，共一百四十八人，由勃吕方杨（Bricham Young）领导，踏入这盐湖旁的盆地，在城里住下来。这一队移民，历尽种种艰难，跋涉了一千多里，才达到这地方，真是历史上从来未有过的壮举。摩门教在九十五年之内，有了惊人的发展，信徒之众，超过百万名。

盐湖城是一个极有趣的地方，那里的建筑很美观，街道的坦阔，胜过任何城市，在街道交叉的地方，作正方形，路旁种着树，在树荫下散散步，望望蔚蓝的天色，是一件很愉快的事。

盐湖城自从摩门教徒移入后，刻意经营，把于泰省极西部的不毛之地，慢慢地垦殖起来，变成了许多可耕的农田。

城里的犹太人礼神堂（Tabernacle），是世界闻名的。堂广可容一万三千人，圆顶造得伟大极了。城里的殷富，足以表示摩门教主商业才干的老练，远胜于传道。

盐湖的地势，拔海四千二百尺以上，附近风景美丽，假使骑着马或者坐着汽车，在城外慢慢地开行，望着旁边的花岗石壁，和那些特殊的野花野草，吸一点庆鲜的空气，也就别饶佳趣。

在盐湖城的附近，还有很富的矿藏，金、银、铜、铁、煤等都有，怪不得盐湖城会那样富庶。

从纽约到美京

在纽约很容易使人联想到东方的巴黎——上海，这不是没有原因的。美国的商业中心纽约市，处处显出类似上海的繁华，而又过之。由纽约往西，无论乘火车、汽车、飞机，都可直达华盛顿，正像上海到南京一样，其间的距离，要比京沪间长一半，但是完美的交通工具，创造了缩地的方法，使那些远隔异地的亲戚朋友，以及恋人们，减少了地远人遥之叹。

由纽约到华盛顿，有三种交通路线，最迅速的当然是空运，航行在纽约上空的飞机，正如春光明媚的时节，中国乡野的纸鸢一样，随处可见。若问这些纸鸢的牵线处，便是离纽约城十里的（La Guar Dia）机场，那就是一个纽约市民用最大的飞机场，平均每五分钟有一只飞机升降，载送着那些具有旅行热的人们。

如果你不惯于坐飞机，而希望有一个舒适而安逸的旅程，可以去坐火车，那里有最有名的火车公司是Pennsylvania和New York Central两公司，每半小时来往一班，所以乘客虽多，绝对没有拥挤之苦，下午十一时候，更有一种卧车设备，具有舒适柔软的床铺，和家庭以及旅馆中相仿佛，明窗净几，色调和谐，真有宾至如归之乐。

平时，乘飞机十分钟可达华盛顿，乘火车四小时，若改乘公共汽车，或自备汽车，非五六小时不可。不过在具有“旅行饥渴”的美国人看来，在旅途中多流连三四小时是无比的乐事。在这儿他们绝对不会感到光阴的浪费，而在工作的时期中，却可以在途中发现他视若无睹的直向前走，如抢救水火一般的急，一分一秒都不肯虚度，也许在中国人的眼光中，这是他的畸形作风，失去悠闲的意义。实在他们知道能利用光阴，坚守着工作时工作娱乐时娱乐的信条。

一九四六年六月二十一日，我从纽约的上城（Up Town）一一六街出发，作纽约至华盛顿二百三十二里的旅行，事先曾约几个外国朋友，驾着自备汽车同去。到了那天，他们因为有别事，以致失约，于是我唯一的伴侣，只剩了汽车中的一架小收音机，陪伴我在纽约道上，开始作一个寂静的旅行者。

那时正当初夏，绿肥红瘦的时候，绿叶成荫，处处有一种蓬勃的气象。薰风不但吹浓了树叶，并且吹起了美国人的旅行热，也正是蓬勃的时候了。公路沿途的每一个公共汽车站上，有三明治、糕点、冰水冷饮、糖果等出售，专供旅客们应用，我凭窗望着那些结伴游行的男女老幼，熙来攘往，冲淡了不少旅途的寂寞。

美国人视旅行，好像中国家庭的打牌，同为一种普通的娱乐，平均每星期要旅行一次，这种习惯的养成，与他们的物质条件，有极大的关系。美国交通工具发达，设备完美，足以鼓起他们旅行的兴趣，更何况有一种专门为旅客而设立的全美汽车协会，又称汽车俱乐部。因它的英文名字是American Automobile Association，简称为“A. A. A.”，写的时候，三个A并列在一起，中间一个比较大些，他们做了这种符号装在车子上，就证明这是汽车协会会员的车子。现在上海有几辆从美国带来的汽车，也有这一个赛银的符号。

在美国，你如果要学会驾驶汽车，可以入该会，做他们的会员，做会员的唯一条件，必须有自备汽车，好在美国人的汽车，较中国的自行车还要平民化，一般人不必忧虑没有入会的资格。全国四十八州，他们都派好招待，专为会员服务，只要你拿出会员证，A. A. A. 的招待所会替你在途中照料一切，如代定汽车票或飞机票等。

因为美国公路太多，纽约和华盛顿之间，尤其像蛛网一样的布着，初来的人犹如入了八卦阵，莫知所从，每一条公路旁，有圆形或盾形的路牌，盾形的代表国道，圆形的代表省道，路名都以 1234 和 ABCD 排列，在这些错综复杂的公路中，A. A. A. 公司中的职员们，担任着为旅客拣选距离最短而风景最优美的路线的责任，当时我也的确受到不少的帮助。他们专为旅客们印好一种路线图，用红色的箭头指示你前进的方向，用绿线指出你要经过的路线，沿途所经过的都市，有一个简单的说明，使旅行者一目了然，真是一本完美的旅行指导，直到现在，我还好好的保藏着。

在 9A 公路上，沿着赫德逊河进行，遥遥望见华盛顿桥，矗立在波光荡漾的赫德逊河上，河水映着桥影，也映着白云，飘忽无定。在我的感觉中，山使人静，水使人动，而白云与流水拼在一起，最足启发人的思潮，我想起一七七六年的白云，同样在这儿漂浮，怎能梦想到荒凉的新大陆，在一百多年间，完全改了另一个面目，"成事在人"，我更确定了这样的一个信念。

不久我的汽车已到达赫德逊河底隧道口，从纽约过赫德逊河的隧道，计有二条，一是 Holland Tunnel，一是 Lincoln Tunnel，约有二里长，我钻入 Lincoln Tunnel，好像进戏院一样，必须化五角美金的买路钱，才能进去。里面灯光洞明，汽车经过，绝无颠簸，不知不觉我已像游鱼一样从河底钻出，走出洞来，就是 New Jersey 州的领域了。该州招待旅行者十分客气，客人首次入境，便把我们的人和车抬到半天高，使刚从地穴里出来的旅客，立即升入天堂，原来那儿有一座天桥，Sky Way 筑在半空，专供行驶汽车，从高处眺望，可以看见 Newark 市的工厂林立，四郊绿荫如烟，亦足以游目骋怀。

有一种美，藏在那些天然与人的景物之间，三分面貌，七分装饰，美国的都市给予人的印象，常是一种整齐伟大的美感。

过了 Sky Way，我的汽车缓缓行驶在"一"号国道上，由此本来可以直达华盛顿，但是经过 New Brunswick 以后，为了避免走繁华的 New Jersey 州都城 Trenton 就改行“一三〇”国道。

New Brunswick 是一个文化城，New Jersey 女子大学以及其余二个著名学府，都设在这里。但是从历史的观点看，其价值当然比不上费城（Philadelphia），没有一个旅客会错过机会，而不往访历史上胜地的。

费城是美国独立纪念地，现在的独立厅，就是当日会议的地方，包藏着许多古迹。华盛顿的铜像，兀立在独立厅前，他那沉默而深远的目光中，隐藏着独立革命的历史，多少成功与失败，多少英雄与先觉，随着流光被埋掩了，然而埋掩不掉的是人们内心的崇敬。而今旧市厅中，挂着参加独立革命人物的油画像，自由钟，华盛顿的座椅，都被好好的保存着，正像人民的心中，保存着对于开国元勋们的尊敬一样。

在二百三十一里的旅程中，整洁的街道和雄伟的建筑物，到处可见。离开费城，沿 Darware 河岸驶去，风景优美，阳光映照，晶莹夺目，成为旅途中最能吸引人入胜的佳境。

我独自观赏了一会，车已到了渡口，预备过河，河面既无桥梁，河底又乏隧道，这似乎是 Darware 河的缺点。也正是它的特点，这儿我看见两岸间，不时有一种渡船，频频来去。这儿所谓渡船，并不像上海黄浦江面的手划摆渡船，平均每只船能载二十辆汽车和车中大批的旅客，船里有指挥的人，船到码头，他们就指挥乘客，领取自己的车辆，从出口道登陆，然后再让进口道上的旅客，鱼贯入船。因为码头是活动的，随水涨落，所以它的高低，永远与船面相齐，下船或上岸，都十分便利。当汽车由入口道驶进去时，恍如进入了停车场，谁知此身已在粼粼碧波上呢。

渡船共分三层，下面一层是停放汽车和卡车的地方，我放好汽车，便上二楼去休息。美国人真是一个善于利用光阴的民族，即使在这短短的十五分钟摆渡时间，也不愿虚度光阴，二楼有起坐室、餐厅、酒排，等候着你去恣意消受。画片纪念物等，琳琅满目，也足够游目骋怀，不会感到一点儿寂寞。

这十五分钟河上旅行的代价，是汽车费五角钱，如果在司机外加上旅客，只须每个人增加五分钱。我因是自己驾驶汽车，只化了五角钱，饱览霞光水色，赚得一种轻妙明静的感觉。

汽车驶在由 Wilmington 至 Baltimore 的双线公路上，公路并列的有四条，包括来去各两条，两条中有一条称为“超越线”，汽车一连串在公路上行走，你如果嫌速度不够，就可驶在超越线上，加足速率，直奔前程，车行不久，美国的国外贸易中心 Baltimore，便出现在眼前。

Baltimore 在公元一七二九年开始建筑，到现在发展成一个工业化的城市，养育着百万左右的人民，并使他们都受优良的教育，以适合工业都市的需要。无可否认 Baltimore 的一切设施，具备着纽约市的繁荣，所以加上个“小纽约”的雅号，并不算过誉。这儿有霍普金（John Hopkins）大学，华丽的娱乐场所，太阳报以言论客观著名，销路极广，在美国的新闻界上，很占一席地位。

衡量一件事物的价值，往往视其对于人类的贡献而定，一张著名的报纸，往往视人民的喉舌，同样一个著名的学校，也不仅是求外表上的富丽堂皇，徒供点缀而已。

霍普金大学衬托着“小纽约”的市容，又为“小纽约”市造成了无数干练人才，学校教育，配合了社会上的实际生活，使那些出了学校大门的学生，能尽量展其所长，大学教育，完全避免早就高等游民的弊病。

教育的功能，在美国表现得十分显著，Laurel 与 Maryland 大学内的农业专科学校，是个很好的例证。

他们设置一种农业试验及推广工作，专门研究怎样改良种子，并且教育农夫，实地试验，负起管教养术的责任。这种工作，对于农村，裨益很大，美国农业所以发达，他们的功绩，是不可忽视的。回顾我国，农村中尽管高呼着“改良农业”，“增加生产”。大学生们虽然也研究改良种子的理论，然而农村依旧破产，生产仍是落伍的，最大的原因，还是理论与实际脱节，青年学子，只知在书本中研究改良，实在是“缘木求鱼”，用不可得，看了别人的突飞猛进，能不惕然？

在农场里实习的那些垢面污手的青年，你也许不会相信他们是大学生吧？然而当他们工作完毕，甚至是赴宴的时候，那种整洁的仪容，就完全两样了，肮脏的工作，并不减低他们的身份，美国人相信，在任何场合，能做适宜的工作，是最有意义的人生。譬如敷衍时，像一个高贵的绅士，游戏时像个活泼的小孩，工作时大学生不妨像工匠一样的装饰，一样的工作，决没有什么可耻，我觉得这种信念，在中国很有提倡的必要。

经过 Bladensburg，见有兵士驻扎着，不禁使我想起了这个古代的碉堡，以及一八一四年，美国独立战争时，英国人曾在此处打了胜仗，长驱直入华盛顿的情形，而今一切都随着年光远去了，留着这一些驻兵，说明了 Bladensburg 与华盛顿是唇齿相关的。

这时候有一个美国人来打车，就和他谈着华盛顿的近况，于是战争的情况，与彼得堡（Bladensburg）同时遗留在公路后面了。况且在这静穆和平的都市中，非不得已难得有几次战争，我不忍以战争的印象来破坏我心中的和平，就此抛开也罢，且看华盛顿道上，车水马龙，不完全是一片升平气象么？

当时我住在 Balligh 旅馆里，这是一个大规模的旅馆，共有四百个房间，每间装有电话，其中二百五十间，有冷气设备，取费较昂，每日四元美金，旅馆里且有图书馆、舞厅等，足够消磨一整天。

门临西北十二街，是全市热闹中心，适当国会议事堂和白宫的中间，宽广的街道上，行使着流线型的车辆，车轮摩擦地面，发出轻微的“丝丝”声，仿佛不忍把静寂的空气扰动似的。街旁的建筑物，最多二十层左右，不像纽约那条高插云霄，居民也比纽约温柔有礼，具有英伦的君子作风，这一切都会唤起我在伦敦时的回忆。

华盛顿的交通工具，主要的当然是电车和公共汽车，电车唯一的特点，只有一条轨道，美国人无论做什么事，都讲究经济，并求有效，在这个原则下，电车上面的电线，便被“经济”掉了，行驶时恼人的“隆隆”声，也被“经济”掉了，车轮改用硬橡皮制造，你或许会奇怪这样的公共汽车型的电车中，怎么能够开驶，这可以告诉你，没有电线的电车，发电处便在轨道中，与车内发电机联络，功用和电线一样。

上海的电车分等级，在美国，这种界限，完全消除，竟是一律平等。无论你坐黑色、蓝色电车的任何一节，有无论坐多少路，票价一律是五分，这可以减少售票者的麻烦，其实他们是没有售票员的，即使有，也只能算半个，还有半个依然是司机，司机一面开车，一面售票，是电车上唯一的服务者。

乘客上车，只须把五分钱投在自动的卖票柜里，开车者就放你进去，如果你要转车，只要同他讲明一声“转车”，他会给你一张转车票子，带到另外一辆电车上，仍可应用，不必再费买票的手续，不过车票使用的时间有限定，过了时间，车票便作废，好像我们买的电影院门票一样隔场作废。

公共汽车中，甚至不要买票，你一上车，把一角钱投在自动售票柜中，“当”的一声，变算尽了买票的义务，而获得了乘车的权利。没有证据，无须查票，只是“当”的一声，刹那间便会在空气中消逝，但是美国人并不因为没有证据而失却个人的信用的，一纸车票所代表的的意义，远不如他们荣誉的信念来得深长，——在美国，出车钱而无须用车票证明，认为一种荣誉，——这完全是教育力量，如果换了教育程度低落的国家，此类经济办法，便要行不通了。

各大都市中，有该地的风景画片等出售，含有纪念的意味，式样与明信片类似，寄给亲戚及朋友们，既经济而又便利。此外更有一种特制的卡片，印上了许多日常生活中所必遇到的事项，你只须拣一项和你现在生活适合的做个记号，如天气一项，后面写着○一好（Fine）○二热（Hot）○三冷（Cool）如果现在天气冷，在冷字后面做个“，”号用来寄给朋友们，它的性质，就不仅是纪念而已了。一举而两得，省事省时，也是美国人的一种经济办法。

每当樱花盛开的季节，落日和红花，交相辉映，曾把华盛顿的忙人，骗了去欣赏街头的“十丈软红”，但我没有被骗过，偶而在路旁经过，花瓣掉落在我的脚下，却始终引不起一分好感，原因也许复杂得很。

美国不产樱花，樱花移植到美国，还是第一次世界大战以前的事。日本为结好美国，联络感情起见，就把大批“国花”——樱花——的种子，移植到新大陆来。那时美国人把樱花种子，完全投入海中，第二次日本人又来，才允许施行检查，等到第三次才开始栽种。

直到现在，樱花依旧在春风中盛开，然而自美日开战，以迄第二次世界大战结束以来，这情景看在眼中，便有些触目。

樱花的开期，不过像昙花一现，瞬息即逝，远不如中国的国花——梅花——来得清远芬芳，若将樱花比作趋炎附势的俗客，梅花该是正直的君子，两种花带包两国不同的民族性。在中美握手的今日，华盛顿道上，似乎种植梅花，更为适宜。

我把这个意思说给外国朋友听，他们也十分同意我的主张，认为种植梅花，在中美两国的交谊上，是很有重大意义的。美国人不知道有梅花，正像四十八州人民不彻底了解中国一样，现在我们把梅花移植到美国去，使他们知道梅花，同时了解中国是具有梅花一样气质的国族，外交当局，似乎可以注意到这一点。

江南景色的英国大学城

我一到英伦，就想去参观闻名世界的大学城——牛津大学和剑桥大学。这种急切的情绪，仿佛像酒汉鲁子深下了山，别的都没见到，远远地早已望着"酒"字旗高挂的村庄，一样地有趣，有精神。何况正是中秋时期，我们选定这中国独有的富有诗意的佳节，去遊名城；不能说是没有计划的游历。我记得在一九四五年秋天的一个晚上，我们旅寓在伦敦一家公寓里的几位黄脸外宾，发现了，证实了几天后就是中秋佳节。W 兄提议，为什么不到江南景色的剑桥去玩一次呢？于是马上电话通知几位同来的游伴，约定明天乘上午第一班火车配定顿（Poddinton）地道车站集合，我们一行五人，晓师年龄最高，在旅途中诗兴勃发与兴瑞兄唱和甚乐，承诸兄客居英伦多年，当然是最合格的向导，临时要我做会计，我就提议"不记账的会计"的办法，就是先请各位游伴预付若干英镑，我把它集中在一只钞袋里，算是"公用钱袋"，以后旅途一切开支，都在公用钱袋内取用，我每天晚上，把公用钱袋所有的钱检点一下，发现不足，随时请各位游伴补充，每天如此连续下去，直到旅行完毕为止，再掏出公用钱袋里剩下来的钱，平均发还。他们说我旅行不忘训练，这是集团生活中的"信用"，相当 Smart。其实我怕琐屑记账，也可说是贪懒。

牛津大学在泰晤士河上游的牛津市。有大学独立学院三十余个，每学院均有独立之组织，各有教室，宿舍，及伟大之教堂。我们去参观那天，正是星期日，所以全市充满了教堂的钟声。各学院均有学院私路至牛津河。河边都有小码头以供掉艇，而绿杨垂柳，风景之佳一如我国之西子湖滨。剑桥大学，有独立学院二十余，分布于剑桥市，市横跨在剑河的上面，所有桥梁与校舍，都是古色古香，各学院也都有通至剑河小码头的院路，被绿油地草地拥抱着，不独做了学生唯一的天然运动场，实在是学术研究必要的自然环境，至于风景之秀丽，妩媚，和牛津大学没有分别，正可以互相辉映！

在伦敦很少见杨柳在小桥流水中飘荡着，唯有牛津剑桥二个大学区的草地上，无数的垂杨，与一条细长的河流，深深地怀抱了一片油绿的草地，形成了男女青年藏修息遊的理想环境。我们参观了二大学的研究院，知道他们不采用美国的学分制，注重人格陶冶，先生的指导与学生的学习，都在个别的接触与谈话中进行。学生开始一种学术研究，经常在各位教授的谈话中陆续计划，逐步改进。因此学生的个性和人格，都给教授洞烛无遗，如何推进学生的研究问题，必须在人格陶冶过程中解决，这是牛津剑桥大学的特点。至于大学教授，各学系都有定额，正教授不出缺，副教授永不能升为正教授，很有若干须发已白的老教师，学术研究已蜚声国内外，而名义上仍旧是讲师或副教授，就因为正教授没有出缺的缘故。我们在伦敦住了二个多月，觉得大都会生活的烦忧，这次短短几天的牛津剑桥之遊，因为他拥有垂杨绿柳，芳草如茵，我们在这诗情画意，晴雨相宜的环境里，大家诗兴勃发，瑞兄口古有：

“雨过长堤草色鲜，西风犹喜柳如烟，一声款乃数有行鹭，分府波光勿问年。”

读了至今为之神往，世界驰名的大学城富有江南景色，所以能吸引着成千上万的青年学子！

访莎士比亚故里

一个中秋节后二日，我们访问了江南景色的剑桥大学，把乡屯游览的兴趣，越发提高了。继续作英国大文豪莎翁故里的拜谒，同行的旅伴有郑师沧及子瑞、希震二兄。我们在伦敦，请邀了久客英伦的承诸兄导游，自然旅途一切顺利！提起了莎翁的大名，谁都知道他是英国文学界的巨擘，全世界剧坛的祖师，他虽然死了三百多年，但是他创造了三十七部不朽的伟大杰作，正像三十七颗光芒四射的明星，永远照亮了文艺界前进的航程。我一边正在想今天应该如何景仰先贤？进入莎翁故居第一个印象是什么……忽然火车停了，知已到了斯脱拉福城的车站。出站门就有英国文化会（British Council）的招待先生驾了小车来接。我们预定的旅馆叫做“威灵与美丽”，在斯市的古城（Old Town）。这个旅馆用莎翁的名字William和他母亲的名字Mary命名，是一种极有意义地引人投宿的方法！这旅馆创办于一六九〇年，布置相当典雅，会食堂的装饰，完全用刀箭和野兽皮革，主人设计要显出古色古香的意义，煞费苦心。我们一行五人，费了整天功夫，访问莎翁的古迹，可以记载的：

莎士比亚的房子（Shakespeare's House）——包括新地方（New Place）和莎翁的妻子安哈珊惠的屋子。此屋在一八四七年收为国有，到了一八五七年才归还原主。在此屋中还可以看到许多依利莎白（Elizabethan）时代的木、石工程。

在桥街（Bridge St.）的转角，有一座规宁屋（Quiney House）这座房子是Judith Shakespeare莎翁之女与她的酒商丈夫所居住的房子。但现在已经变成一个茶馆子。在这街另一面有一座哈佛屋（Harver House）是一座一五九六年的半木建筑物。这座房子的得名，是因为凯丝玲（Katharine Rogers）早年曾居住在这屋中，她后来成为哈佛大学创办者的母亲。此屋于一九〇九年由马立斯先生（Mr. Edward Moris）送给哈佛大学，作为美国游客的集会所。

在市府厅（Town Hall）中，有莎士比亚的像，为Wilson所绘。

在教堂街(Chapel St.)之底，是新地方(New Place Estate)，新地方本来是斯脱拉福城最大的房子，是克劳伯顿爵士（Sir Augh Clopton）由一四八八年所建成。莎翁在一五四七年把它买下，他也就在此屋中逝世。莎翁死后，此屋几经纠纷。在一七五七年为加思居而（Rev□ Francis Gastrell）所拆毁。

在这座屋子的隔壁有座纳喜（Nasha's House）为莎翁之孙女所承继，现在此屋已改为“新地方博物院”（New Place Museum)，内包括莎翁拆毁古屋之纪念物，莎翁五十周年之纪念物，以及其他许多当地有趣之物。

在新地方（New Place）的对面，有一吉而得教堂（Guild Hall），在一四九五年由克劳伯顿爵士重新建造；接连着这教堂，有一吉而得教堂（Guild Hall），是一座半木材的建筑物，在这房子的上层有一小学（Grammar School）莎翁儿童时代曾在这里开始受教育。我曾考究他的史实，他父亲叫John Shakespeare，是一个无名的羊毛商和杂粮商。他自己既非书香世家，读过小学之后，就自己努力奋斗，造成了这样一位空前伟大的诗圣，我一面钦佩他那包罗万象的天才，同时不由地欣赏这银色阿凤河（Avon）环绕着的美丽地斯脱拉福乡屯。

从教堂街（Chapel St.）到老城（Old Town），经过Hall's Croft这座老房子，据说是属于莎翁的女婿好而博士（Dr. John Hall），我们在菩提树丛中阿凤河的旁边，可以看到有名的三位一体教堂（Trinity Church）。

距斯脱拉福西面约一哩之远，与斯镇有幽静小径相通，是素脱连（Shottery）为莎翁之妻安·哈珊惠（Anne Hathaway）的小屋，是依丽沙白式（Elizabethan）的半木做的美丽农屋，草盖的屋顶。室内的一切还保持原来的样子，很稀奇古怪的床和其他许多纪念物，并有一个很吸引人的古式小花园。

此遊的感想：第一是可爱的“斯脱拉福城”真是名符其实的可爱地（Lovely Place），可是何以那里独多诗意的古迹，那当然是诞生了大文豪莎士比亚的缘故，照我们中国地灵人杰的意思来解释，那末这条清洁细长的阿凤河（River Avon），曲折秀丽，静静地流动着，有着处女般的妩媚，加上垂条的绿柳，拂动在河边的绿草地带，河上清波，照出变幻不定的白云，像孩子们在蓝空游戏！小麻雀不时地跳躍在林荫花间，仿佛报道明静的银河“阿凤”早已穿上清淡的秋装，迎接诗人们的徘徊，吟唱！

第二，英国人好保守，同时也不忘情于“新奇”，所以在斯城的建设计划，一面尽力保留莎翁古迹，一面设计一个最新式的剧院，建筑在富有历史性的阿凤河边。就是名闻全球的莎翁纪念（Shakespeare Memorial）剧院。据说这座剧院，一九二六年毁于火，后由司各得（Elizabeth Scott）重新设计建筑，为英国最现代化的剧院。专演莎翁遗著名剧，除了（Tius Androncus）一种外，都由班生爵士（Sir Frank Bansson）在这个剧院演出，等到每年的演出时期，看戏的人，有从欧洲美国赶来的！可以想见名剧的轰动一时！在莎翁纪念地，还有一个纪念图书馆，藏书万卷，除陈列莎翁遗像外，莎翁时代之名作以及莎翁生时所用夹针及手套等物，也保存在这里。在莎翁纪念地的附近空地上，并建立莎翁纪念碑（Shakespeare Monument）。此行郑师、瑞兄唱和佳作极多，我因为访诗圣有诗友携行，似不可以无诗，所以读了瑞兄“乐府驰名三百年，斯城韵事共流传，徘徊不尽苍茫意，古道西风又暮烟”一绝，就有一首续貂，记得是“寂寞诗雄年复年，千秋乐府绝薪传，飞来万里东方客，吟尽斯城晚树烟”。算是万里走访莎士比亚故里的雪泥鸿爪，工拙当然在所不计。

从旧金山到洛杉矶

美国铁路是私人企业，各铁路公司为了竞争企业的发展，都从迅速、准时、舒适等等各种方便旅客必要的条件上用尽功夫。各铁路公司均有营业所，可以预先定位购票。并有定期来回票出售，事先可指定在任何车站下车，此种定期票可随时与铁路营业所接洽，改变旅行计划，只要在规定时间及地段内，是毫无困难的。各铁路的卧车，由一个特设的公司所经营。我有一次坐南太平洋铁路公司的日光快车，车厢里有人造空气的设备，开车时用无线电报告沿途风景，及当日重要新闻，除饭车外有酒店车（Tavern Car），有各种精美的布置。入晚灯光眩目，男女旅客的笑语与音乐，合奏着交响曲，趣味丛生。

在一个炎热的夏天，我从旧金山乘火车到洛杉矶，过了一整天的火车生活，不但知道美国铁路情形的大概，再领略了美国西部几个名城的风物，值得在这里一写。

早晨，八时一刻开车，我于八点钟到站，由“红帽子”送到一辆红色的流线型火车里，找到自己的座位。对号入座后，发现有一本精致的小书，原来是铁路公司印送给旅客的宣传广告，一面是把日光号火车全程的地图，如各站站名附近的名胜风景加以说明，另一面印着这列日光号火车的详细行车时刻表，从这张表上，可以知道每站的里数，车站的名称，及每站海拔的尺数，以及附近的交通要道，风景名胜，重要工商业文化机关。因为这日光号来往于旧金山与洛杉矶之间，每天早晨八时十五分在旧金山与洛杉矶双方对开一次，所以两大终点的交通情形，也有详细的说明。

旧金山的第三街，是东南太平洋铁路公司的车站所在地，火车从这热开出，大约五分钟左右，就可看到旧金山与哑命地沟通的大桥，这是世界最长的桥，与华盛顿大桥金门大桥并称于新大陆。这时候正当火车进入工业区，一连串的隧道沿着旧金山湾前进，那些隧道大约需要一百万美金一哩的造价，全美闻名的大工厂，都建筑在这一带。

火车离开了工业区，向全美闻名的住宅区百灵盖（Burlingame）行驶，可爱的花园别墅，富丽的俱乐部，都是旧金山富商大贾的消金窟。

旧金山郊外的第一个城市是圣曼托（Sun Mateo），离旧金山十八里，这里是一个气候极可爱的区域，橡树（Oak）出产非常著名，那些建筑物和住宅似乎和橡树在争一日之长。林立在圣曼托境内的是住宅和公共建筑，所不同的是橡树是天然的，建筑物是人造的，但是它们同样的都欢迎良好气候，这是他们产生的条件。

火车沿着旧金山海湾行驶，一定要经过沿海湾最深的城，称为红木城 Red Wood City，顾名思义，我知道他是一个产木的中心，这次我的印象很好，一个庞大的植物园种植着许多花木，这里是全国植物的发源地，每年有许多花籽树苗运到全国各部去种植。

沿途的森林连绵不断，再前行六分钟，绿荫丛中掩映着一座雄伟的建筑物，听说已经到了伯罗赖托（Paloalto），车站的南面，就是那建筑物所在地，完全是斯脱福（Stanford）大学的辖地。美洲最早接受海外移民是在这一带，如果你要考古觅胜，至今还有一些遗迹可寻，譬如圣太克勒拉（Satnta Clara）地名，即是西班牙文，还有圣太克勒拉大学的教堂，早在一七七一年建筑，虽然如此，西班牙人到底没有做美洲的主人公，反被那些英国移民“后来居上”了，现在教堂依然无恙，默默的像一个久经沧桑的老人。

火车到了圣乔斯（Sanjose）才开始停车，这儿离开旧金山已有四十七哩，费时五十七分，照这样的比例约算，大概每小时可行六十哩左右，美国火车的标准速度是（Minute a Mile）（一分钟行一哩），现在恰合标准速度，速率之大实在惊人。其中一个原因固然是停车的次数不多，还有一个特点，美国火车用电发动，力量当然要比煤大得多了，所以火车在美国是名不符实的。车厢外面漆上鲜红的颜色，一律是流线型，车厢里用科学方法自动调节空气，门窗紧闭，不须与外界交通，各种杂声因之隔绝，虽然车行驶极快，却没有隆隆的声音来扰乱你的清净，在火车将开出或将到站之前，发音器中发出一连串的报告，如“圣乔斯到了！”“再三分钟要开车了”，叫旅客早早准备，这种声音也不是最触耳的。圣乔斯出产的水果很多，罐头食品的制造尤其发达，不愧是热闹的实业区，附近有 San Hoisay，译音为“生活社”，完全是东方名字的译音了，可见东方人在这里也曾下过一番垦殖功夫的。

火车由圣乔斯开出，再行三十二分钟，盖罗（Garoy）已在那里欢迎我们了，这一个美丽的花果园，曾有多少次为摄影家所包围，摄取美丽动人的镜头，而我只能匆匆的一瞥，留下的印象不及怀念来得多，似乎有些遗憾。

我国绅士有一种娱乐，是把玲珑的小鸟，养在特制的鸟笼内，供自己欣赏或者天天拎到茶馆酒肆，在众人面前炫耀，引以为荣。这种光荣，美国人似乎不能了解，也许是独乐乐，与众乐乐，所乐不同吧，他们爱把鸟养在树林里，任其自由飞翔。未到华逊（Waston）山谷地，远远地就听见啁啾的鸟鸣之声，徒步的旅行者，三五成群，在欣赏天然的音乐，我曾看见某书上的记载，说是西班牙人在华逊山谷中也种起红木树来。红树亲着绿叶，这是一幅如何难以描摹的画景！“秋老丹枫残照里”，但红木树却是终年常红，永远保存着青年的活力。

向西直行的火车，到斯脱屈罗佛（Castroville）忽然望见粼粼的太平洋水，车身向左转弯，又隐藏在深山中了，仿佛他所榴莲的不是汪洋大水，而是幽谷丛林，只让旅客欣赏具有江南风味的山陵河（Solions River）。它与铁路平行，水清而且洌，每当夏秋之交，河畔的山陵斯有一个盛大的集会，称为Rodeo，据说这是美国人的风俗，届时加利福尼亚州的人民，把牛羊赶到这儿来作公开展览，牛羊就是他们的全部财产，谁的牛羊最多，即是富翁。广场中许多奇装异服的男女，骑在马上来回溜达，夸耀自己的勇武。这种风俗虽原始，亦有一种鼓励生产的意味，不是完全无意识的，可惜我赶不上时间来参与其盛，不然的话，倒是很有趣的。

火车在山陵山谷地作第二次停留，不多时继续开行，经过沙立特（Saledad），从这个地名看来，知道当地的老祖宗，不是美国人而是西班牙人，沿途的地名，用西班牙语极多，好像中国人在南洋曾经盛极一时，数百年后，依旧有遗迹可寻。

火车渐渐向高处爬行，快到山陵河水源为了，上游的大镇王城（King City）在云间退去，这是出名的游览地方，我们因为有更好的地方要去，只能览而不遊了。上坡路是比较难行的，火车也禁不住气喘，我们因为早晨匆匆上道，兴奋填满了心胸，吃不下什么东西，到这时肚中却开始唱空城计了。

好在华贵的日光号火车中有一节特设的大菜间，终日开放，完全是极华贵的装潢，我们进去的时候，只见穿制服的侍者，早已把菜单放在桌上，拿来一看菜单上印着的都是法文。欧美风俗，印法文表示华贵庄重，餐室内的设备，大菜的名目，都可与各都市的名菜馆，争一日之长。菜单五色缤纷，比贺年片还要讲究，旅客们常喜欢带回几张，留作纪念，公司老板，明了这种心理，大可利用，所以菜单后面，印着日光号火车的宣传广告，借着旅客的媒介，带到各地。

菜虽说是标准的价钱，但账单上的数目字，大得吓人，所以一般节俭的人，就自己带一些点心，在车上吃，实惠多了，只有富贾大户，才到这里来，赏施给侍者的小账，十分阔气，我们因为难得有一次，不愿错过机会，姑且享乐一下，那次共用去二元美金，为了适应"阔气"，给小账四角，侍者也并没有表示出特别感谢的样子。后来一位久居美国的朋友告诉我，四角小账在他们的眼里算不了什么，普通小账在餐价的四分之一以上，是司空见惯的。

十二时十二分到达帕索劳勃斯（Paso Robles），还把七二二公尺，是由山陵河发源的地方，至此山未穷而水已尽，印第安人在道旁来往的很多，大致身体强健，听说该处有一温泉，印第安人常喜欢到那儿去洗澡，温泉对于他们的贡献，着实不少。

阿泰克达罗（Atascadtero）照西班牙语的解释，是深而神秘的意思，其实照我来看是并不符实的，地势比帕索劳勃斯更高，并不见深，富有的农户都住在这里，生活安逸而舒服，有什么神秘呢？车向坡下走去，渐行渐慢，无线电中报告出第三站到达的消息，从旧金山到洛杉矶的路程，已过去一半了。

现在车头又向太平洋沿岸进发，到康萨伯新（Consepcion）十四哩外，可以看见灯塔高耸在太平洋上，好像一个先觉者，给人类带来光明。

沿途那些地名，都是奇怪的西班牙语，西班牙的风俗也遗留一些在古旧的村庄里，如盖弗洛太（Gaviota），译成中文是"海鸥"，小小的村落仍保持一些原始的风味，农村间的种种游戏，常在这里兴高采烈地举行。

三时二十五分到哥利太（Goleta），这个名字的来历，也是因为纪念一八二八年所造的船而定名，远远可以望见圣太荫河（Santa Ynay）的发源地圣太荫山，西班牙的建筑家在圣太荫河湾里造了许多西班牙式的花园住宅，每年八月有一天称为"老西班牙日"

（Old Spanish Days），西班牙人都到这儿来聚会，圣太白白拉（Santa Barbara）更是聚会的大本营。

克伯透利（Car Pinteria）西班牙语是木匠店之意，原来一七六九年有人在这儿发现印第安人所造的独木船，就称这儿为木匠店了。

下午中国人家吃一些食物，免除饥饿，称为吃点心，西洋人称为午后茶，火车中也有吃午后茶的地方。上面说过，我因为难得有这个机会，无论什么都要尝试一下，这时提议到咖啡车里去，人造的空气把温度调剂得恰到好处，音乐静静地奏着，有打扑克的，有喝咖啡的，有闭目静思的。咖啡室的另一半是图书馆，舒服的沙发上躺着看书最好。无论是爱动的或爱静的人，在车上不愁没有去处。

三百九十五哩在匆匆中过去，火车到达文丘拉（Ventura）这出名的海滨娱乐场对于车中的人们是一个极好的吸引物，谁都想到这里来消磨过炎炎的夏天。

五时三十四分到朋彼克（Barbank），那儿制造飞机的兵工厂十分著名，美术照相片的出产也多，供给好莱坞电影公司，到好莱坞去的旅客在克兰特（Glendale）下车，因为克兰特城旁有一个山坡，是到好莱坞去的大门。

洛杉矶（Los Angeles）的联合车站，壮美极了，听说是化一千一百万美金建筑成的，我六时一刻到站，别的旅客早已定好住宿的客栈，只须雇车前去。我却麻烦了，拿着行李雇一辆出差汽车，车夫问我开到什么旅馆，我说："只要有房间空着的旅馆就得了。"原来那天是星期六，旅馆都挂上"客满"的牌子，我只得坐着汽车在街上兜风，车夫的服务精神相当好，帮我找完六家旅馆，还是得不到休息的地方，直到暮色苍茫的时候，承蒙第七家旅馆不弃，歇了下来。

民国上海教育家，我的祖父胡叔异

我一生只见过我祖父一面，那是他在65年从上海到北京来看望他的两个在北京工作的大儿子与二儿子，就是我父亲胡思旅和我大叔胡思升。

我那时随在对外文委工作的父母住在北京遂安伯胡同里的一个四合院里，我们家住在第二道院的偏院里。那个偏院位于主院的侧面，有一个天井似的砖石铺成的空地，边上住着一家人，通过天井就是我们家住的小后院，是一条狭长的过道，里面有侧着的房子以及和过道尽头的一间很小的光线很暗的房间，据我妈说，我和姐姐从小就跟保姆住在过道尽头的房间里，我父母住在过道的第一个侧房里。

我记得我祖父来遂安伯家的时候，二岁多的我正坐在在马桶上，我的祖父就和我的父母用上海话聊天。我仰着头看着他们几个如森林般高耸的大人，完全不懂他们在说什么，只是记得我的祖父穿着一身灰色的干部服，神态严肃。我有点怕他，心里面别别扭扭的，觉得我父母似乎只忙着跟那个老头说话，完全不管已经不甚耐烦的我了。

那是我对我祖父胡叔异唯一的记忆。

后来，我听我母亲说起过我这个奇葩的爷爷，才知道他居然还留学过纽约哥伦比亚大学，出过好几本书，在上海过着美式生活，连白衬衫都是从美国邮购，而不是在上海本地买，我对这个爷爷马上就有了直观的印象。后来从我姑姑那里得到了他早年在上海与我父亲、叔叔、姑姑一家人的照片，忽然觉得我父亲与他长得很像，心里面就又多了层亲切。

胡叔异是我的曾祖父，被称为“江南三大儒”的胡石予的第三个儿子，1899年出生，乳名寿楦，学名昌才，字叔异。他在昆山蓬郎镇的当地小学毕业后，考进苏州江苏省第一师范。当时政府规定，凡读师范免学费与膳食费，但毕业后必须在小学担任教师一年。胡叔异任教两年，挣到学费后便于1918年又考入南京高等师范学校，简称南高师。1921年政府批准在南高师的基础上成立了第一所国立大学，即东南大学，胡叔异便继续在东南大学攻读教育系，一年后获得学士学位，毕业后在东大实验小学教学。当时全国各大学没有几个设置教育系的，因此，胡叔异成为了东南大学的第一批教育系毕业生。

经朋友介绍，胡叔异搬到上海担任了上海商务印书馆附设尚公小学的校长一职。商务印书馆是中国第一家开办的现代出版社，所出的中小学教课书均为全国学校的统一教材。胡叔异担任了商务印书馆小学教课书编辑主任，审核所有的小学课本的编选工作。因此，当时的很多教课书末页都印着编辑主任胡叔异这几个字。也就是在那个时候，胡叔异开始在当时中国最有名的刊物，商务印书馆1907年创办的《东方杂志》上发表教育论文，成为教育专家。

“胡叔异是民国时期重要的儿童教育家，他在小学教科书等儿童读物的编纂方面颇有建树；同时，他主张坚持儿童本位的教育理念，在儿童读物的编纂理论研究上也有很深的造诣。回顾历史，胡叔异在儿童读物编纂思想上做出了诸多贡献，这些贡献在当时及至现代都有很好的借鉴价值。”《胡叔异儿童读物编纂思想述略》如此评论道。

根据苏州图书馆的史料记载：1927年（即民国16年），胡叔异出任苏州中学师范科主任，后调任江苏省立第一师范附属小学校长。民国20年后，先后任上海教育局第三科科长、专员，暨南大学教育学教授等职。其时，曾奉上海教育局之命，率一代表团赴日本考察教育。回国后著有《东流考察记》、《论英美德日儿

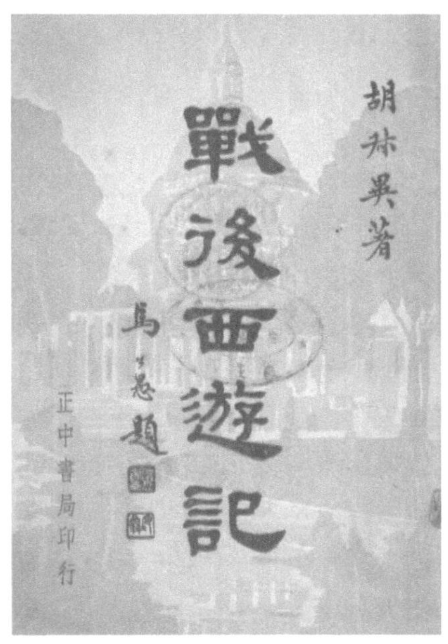

童教育》两书。嗣后，从事报纸编辑工作，曾任上海新闻报教育栏、申报教育栏编辑，儿童晨报、商务印书馆小学教课书编辑主任等职，并为叶圣陶主持的开明书店撰写了《学生生活》一书。民国 24 年（1935 年）创办私立国华中学，任董事长。抗战爆发，上海沦陷后，胡叔异应云南省教育厅龚厅长的聘任，离开上海到昆明省立昆实验华小学担任校长一职。1940 年，胡叔异去重庆任国民党政府教育部儿童教育科科长。抗战胜利后的 1945 年，胡叔异随国民政府教育部欧美教育考察团到美国考察，随后，他进入纽约的哥伦比亚大学攻读了教育学硕士学位。1947 年，胡叔异学成归国，出任上海市教育局专门委员会委员，翌年，调任上海新陆师范学校校长。

1948 年，胡叔异将在美国考察的文章编写成书，出版了《战后西游记》，记载了他在西方各国的见闻。其中，他专门讲述了纽约在四十年代中页的各种风情，今天读来都觉得很有韵味。也许，我父亲胡思旅生前一直对纽约情有独钟，就是看了这本《战后西游记》而对纽约印象深刻吧。

成为了著名的教育家，出了多本畅销书后，胡叔异开始过着上海中上产阶级的生活。他先住蒲柏坊，继住福寿坊，后住来安坊。他用金条在来安坊顶下来两幢日式弄堂小楼，除了自住之外，还出租做二房东，过的风生水起。他那时算是上海教育界名人，买了一辆美国车，穿着打扮都是美式海派，喜欢跳舞，骑马，打网球。

虽然，胡叔异在事业上如日中天，但是在个人婚姻上却不如意。胡叔异对他的太太，也就是我奶奶黄秀芳一直不甚满意。我奶奶是无锡人，从蚕桑女校毕业后在江海美专也读过书。胡叔异与黄秀芳不是自由恋爱，是由他的父亲，也就是我的曾祖父胡石予定下来的亲事。曾祖父通过介绍人见了黄秀芳一面之后，觉得女方虽然相貌平平，但知书达礼，是个做妻子的材料，因此就自作主张给儿子顶了亲。订亲之后，胡叔异与黄秀芳书信来往不久就直接结婚了。等到婚礼后，胡叔异见到黄秀芳本人颇为失望，觉得两人并不般配。虽然两人婚后相敬如宾，客客气气，给人的印象是一家和睦，但是胡叔异心里对自己的配偶与婚姻牢骚满腹，私下与他的弟弟胡昌治抱怨，认为他的婚姻是自己一生中最大的遗憾。

带着这样的心境来看待自己的婚姻，胡叔异对自己的太太怎么也看不顺眼，觉得她配不上他这样的一个高级知识分子。胡太太是一个生性节俭之人，对物质财富看的比什么都重要，因此经济大权一手在握，经常抢购减价产品，囤积了大量战时奇缺的生活用品。面对着这样一个在精神文化上无法提升的太太，胡叔异开始将目光投降其他漂亮时髦的女性，但表面上仍然维持着他的这个看似和睦温暖的家庭。胡太太一连生了五个孩子（三个男孩，

胡叔异于上海家　摄于上世纪 30 年代

两个个女孩）后，便把全部心思放在抚育孩子上面。我的父亲因为上高中时候患了肺结核，原本是不治之症，但是他妈妈无微不至地照看着，使得他的肺结核在没有抗生素的前提下竟然慢慢好了起来。

我曾经听说，胡叔异与黄秀芳的婚姻在胡叔异尚在重庆任国民政府教育部小学教育科科长的时候似乎就出现了问题。当时，还在上海沦陷区的我奶奶听说先生在重庆有了情人，马上带着还在襁褓中的小儿子亲赴重庆挽救婚姻。把其他的四个孩子留在了上海。然而，后来据胡叔异的小儿子，我在上海的小叔叔说，这一切都不是真的。真实的情况是，二战时期上海沦陷后，日本人想要我爷爷出来在汪伪政府做事，而我爷爷与当时上海大部分的知识分子都一样坚决不愿意当汉奸。为了躲避日本人的要挟，我

胡叔异与长子长女　摄于上世纪 30 年代

爷爷带着我奶奶，怀抱还在襁褓中的我小叔叔一起离开了上海，经香港越南，转辗到了云南，最后从云南到达了重庆。此后不久，因为我奶奶极其想念她的孩子们，于是，我爷爷便托他弟弟胡昌志利用上海地下党的关系将我父亲以及他的大弟和大妹，也就是我大叔和大姑辗转送往重庆与父母回合，把年纪尚幼，不能出远门旅行的我的小姑扔在上海亲戚家中。直到抗战胜利后，胡叔异举家从重庆搬回了上海，一家人才终于全部团聚。正是因为这个原因，我奶奶发誓再也不能让骨肉分离。1949 年上海解放前，我祖父拿到政府给他的两张去台湾的船票，让他带着太太先去台湾。但遭到了我奶奶的坚决反对，她说，除非给她七张船票，她可以带着所有的孩子一起走。据我小叔说，当时在沪江大学上大三的我父亲的美国老师也想带着他和另外一个同学一起前往美国深造，也被我奶奶一口回绝了。我奶奶说她不愿意再让一家人七零八落，无论如何也希望一大家人在上海都守在一起。

上海解放后，胡叔异因为与国民党要人潘公展的关系收到了牵连。潘公展早年毕业于上海圣约翰大学外语系，曾是著名的上海个大报刊杂志撰稿人，也是柳亚子南社的成员。他曾经担任《申报》主编，加入国民党后于 1932 年担任了上海教育局局长。潘公展是坚决不移的国民党党员，一度出任国民党中央宣传部副部长和国名党党报《中央日报》总主笔。1949 年 5 月上海解放前，潘公展逃亡香港转道去了美国，在陈立夫创办的《华美日报》做社长及主编二十余年。

胡叔异当时在上海教育局任科长和专员的时候，才华得到同样是文人起家的潘公展的赏识。虽然胡叔异与潘公展因为了上下级的关系而熟悉。但在政治上他却与潘公展却完全不认同。潘公展是蒋介石政权的拥护者，而我的祖父胡叔异却是一个知识分子，对政党并不感兴趣。加上，胡叔异的弟弟胡昌治当时是上海地下党的特工，由周恩来领导的南方局派遣在上海帮助潘汉年做事，因此，胡叔异一直暗中帮自己的兄弟为上海地下党出钱出力。

因为与潘公展的关系，胡叔异在上海解放后被定为内控分子，控制使用。他先是被分配在上海敬业中学当老师。后来又调到上海市师范学院实验室当主任。1955 年，原上海地下党的领导潘汉年被秘密抓捕，所有当年上海地下党的成员都收到牵连。我爷爷的弟弟胡昌治因为也曾在潘汉年手下工作而被抄家后押送到福建农场劳改。胡叔异因为这些缘故，也被抄了两次家。

我奶奶于五十年代末期患癌症去世，胡叔异便又连续娶了两房太太，但最后都因离婚告终。他的第二个太太把我奶奶勤俭持家而留下的各种金银财宝和积蓄清洗转移一空之后，提出跟胡叔异离婚。第三个太太更是邪门，除了每个月要求胡叔异拿钱养家之外，并不跟胡叔异住在一起。经历了这两次令人郁闷的婚姻，让在各种政治运动中也一直被边缘化的的胡叔异心情苦闷不说，身体也越来越不好，终于在文革时期的 1971 年患癌症去世。去世之前，我爷爷一直与我的小姑住在一起，总算没有老所无依。

回顾我祖父胡叔异的一生，经历了民国时候的璀璨，曾任上海多家学校的校长，与沪江大学校长刘湛恩同为上海教育界名流，出席上海的各种国际教育会议；前后写了五本关于儿童教育的著作和考察见闻，为中国的儿童教育奠定了基础。就是这样一个在事业上颇有成就的教育家后来的人生道路居然因为政治因素以及个人生活而变得身心彷徨无助，孑然一身，我想这是我祖父当年做梦都不曾预料到的。

查阅胡叔异的资料的时候，我在网上看到他的《战后西游记》的影印本。其中有两章写的就是纽约的见闻：“纽约的地下城”与“纽约的静”。我惊讶与胡叔异 1947 年的文笔，流畅细腻，具有通透的观察力。就在这同一个城市，我们祖孙两个任相隔着 70

墨梅图　胡叔异绘

年的几个完全不同的世纪，穿越了时光的隧道，在文字上走到一起。人生非常奇妙，如同命运的迷局，你根本想不到的在那一个拐角，哪一个转弯，你会与历史擦肩，与往昔相遇。同样的一个纽约，地标性建筑物和街道布局几乎没有多少改变，胡叔异所描述的洛克菲勒大楼与中央火车站下的地下城还在，纽约的繁华气场依旧，某些掩映在石子路和砖房公寓的小街道依然寂静，如同他 70 年前的描述。而上海已经翻天覆地，全然没有了三、四十年代的感觉，除了著名的地标性老楼房，似乎找寻不到胡叔异时代留下的蛛丝马迹。

奇妙的是，人生有多少无法解释的巧合，胡叔异大约没有想到他的孙女们，他两个儿子和一个女儿的孩子居然都住在他曾经妙笔生花描述过的纽约。他一定无法想象我跟他一样喜欢纽约的各种地标性建筑，在纽约车水马龙的街头眺望过远处大道尽头的高楼大厦，为纽约的某种独有的特质而感到新奇。即便我住在这里二十九年，我仍然对纽约这个城市充满了新鲜的感觉。看到我祖父关于纽约的文字，我的心依然会像花一样释放出惊喜的灿烂。

原载于台湾《传记文学》2017 年 12 月

附录：《战后西游记》繁体原版

www.ingramcontent.com/pod-product-compliance
Lightning Source LLC
Chambersburg PA
CBHW020323030826
48979CB00022B/827

* 9 7 8 1 6 4 0 8 3 1 2 6 1 *

戰後西遊記

胡秋原著

馬公愚題

正中書局印行

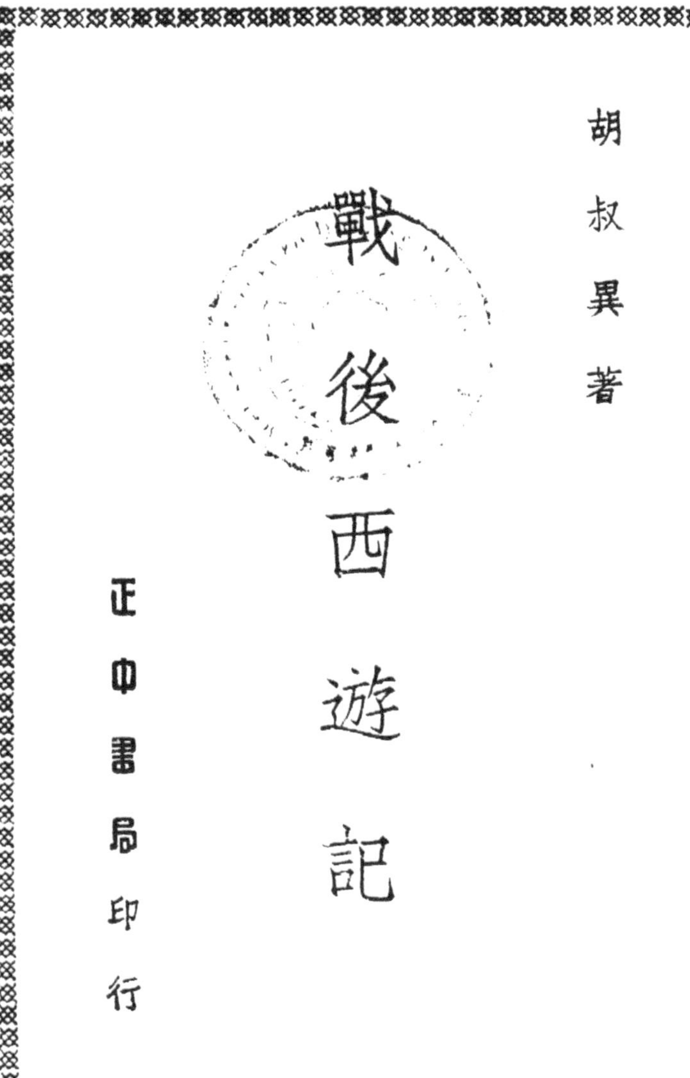

胡叔異著

戰後西遊記

正中書局印行

吳序

胡叔異先生以戰後西游記交本局印行，余獲先覩之快。胡先生奉派出國研究教育，余濫竽部曹時實主其事。及其由英抵美，余已先在，曾共游觀之樂。以此雙重因緣，胡先生於斯書付梓時，囑弁數言，其何能辭？余讀此新西游記，深覺趣味橫生，引人入勝，其文學價值殆可與舊說部西游記相比擬；而一則記實事，一則馳幻想，論實際貢獻，則新游記猶勝舊說部也。自海通以來，國人囊筆游英美，觀風問俗，歸而有所述作者，何慮千百數。而其觀察深刻，描敍生動，使讀者讀其書，想像其境其事，彷彿如置身英倫三島與新大陸者，則以胡先生此作為首屈一指，此可樂為稱道者也。抑猶有進者：世人方侈談「美國世紀」，但於美國人之精神，多僅知其尚民主而不知其崇紀律；僅知其耽逸樂而不知其

勤工作；僅知其驚新奇而不知其重實際，知其偏而不知其全，又從而效之，其弊害殆不可勝言。胡先生於日用生活及游觀宴樂之間，觀察美國人而得其眞精神，記之於書，其有裨於國人對於彼邦之正確了解者，實非淺尠，此則尤爲難能可貴者也。斯書所記，曾分日在新聞報刊布，已深受讀者歡迎。茲刊爲專書，其不脛而走，蓋可預卜，故樂爲數言，以弁其端，並以爲余同游之紀念云爾。三十七年四月，如皋吳俊升序於正中書局。

自序

這一本小册子，完全是週遊世界時的記錄，沒有一定的規律，也沒有依照着時間逐日寫述，只憑一時所見到的想到的新奇而有趣味的東西，收集成文，所以只是無規律的隨筆而已。

此次出國，本是奉命考察教育，想不到英美社會供給我如許多新奇材料，一年多的遊歷，甚至有十年也寫不完的回憶，種種五花八門，蓄積在腦中的印像，極願意介紹在國人的面前，因此除了寫述考察教育的專論以外，更引起我寫述本文的動機，並承各報章雜誌的編輯先生們，邀我寫述英美的觀感，陸續在新聞報的新園林，中報的春秋，旅行雜誌及京滬周刊上發表，其中較有系統的是每日刊載在新園林的戰後西遊記，現蒙正中書局總編輯吳俊升先生的協助，把各報各種雜誌已發表的收集整理，出版單行本，仍以戰後西遊記爲名，以後仍擬續寫，預算大概可出版上下二册。

本書的完成，首先要謝謝嚴獨鶴先生每日在新園林供給寶貴的地位，以及各雜誌編輯

先生們的合作，又承老同學吳俊升先生在百忙之中，爲本書作序，謹在此一併致謝。

在這裏，我不想再多作介紹，書中會告訴讀者們更多的東西，不過有一點希望讀者們賜與幫助的，就是本書只就個人的觀察、感想所及，難免有疏誤的地方，敬請不吝指教。

三十七年四月於上海

寂靜的旅行者

我的世界旅行，開始於民國三十五年初夏，正當盟國勝利開始，所以在加爾喀答、倫敦、紐約和華盛頓等各大都會，我曾參加過駐外使節的勝利慶祝大會，可算在旅行小史上最值得紀念的一件事。今春回到一別十年的上海，承老友獨鶴囑為新園林寫一些海外聞見，因就當時旅行紀錄中，想到什麼就寫什麼，既沒有一定的程序，也不拘事物的大小，中國有一句老格言，說：「觀人於微」，我經過這次旅行的經驗，對於這句格言意義，頗認為可推廣應用到國外考察。因此，本篇想多介紹些竹頭木屑的細事。

往者在沒有出國前，先已定下方針，就是要主動地多走多看。回想十多年前，曾結伴到日本去考察，當時日本對於各國文化人的訪問特別注重，凡是中國的知識份子，更要加

緊統制，不使你隨便去亂走亂看。所以我們一上輪船，東京的日華學會就給你排好了考察日程，更記得船到神戶，就有警視廳派員前來迎接，雖然也看到聽到不少資料，畢竟考察在『御定』支配下，能知道多少眞況呢！何況世界潮流，崇尚自由，不民主的強迫參觀，怎能比自由自在地做一個寂靜的旅行者(silent traveler)，來得輕鬆活動而有意味！

在美國旅行，總要研究一下美國各州的區域，據他們官方正式發表的統計，美國本土劃分爲三個大地區：第一個叫做北方工業區，這個區域，包括四個小區，就是（一）新英格蘭，（二）中大西洋岸區，（三）中央北區，（四）中央南區，這四個小區的範圍，擁有二十一州，占全美國本土三分之一的面積，人口總數最多。第二個叫做舊時南方奴隸區域，也包括三個小區，就是（一）南大西洋岸區，（二）中央東南區，（三）中央西南區，這三個小區裏共有十六州，和一個哥倫比亞特別區，人口總數輪到第二位。第三個區域叫做西方移民區，包括二個小區，（一）山地區，（二）太平洋岸區，這二個小區，包括十一州，但範圍很廣，共有三〇八〇三平方公里，面積最大，可是人口密度最小，人口總數當然也最少。我的寂靜的旅行計劃，希望在全美九個區域的各州中，至少要去遊歷一州或

是二州，因爲美國交通便利，結果總算如願以償。

至於我在英國旅行的情形，也做過三個月的寂靜旅行者，當時我住在距離倫敦郊外的一個鄉村，叫做北林山，（North Wood Hill）每天在北林山一帶遊覽，常和鄉郡民衆來往，看到他們用機器種田，在村莊裏蒔花卉，剪草地，參加鄉郡禮拜堂做禮拜，隨時和鄉郡小朋友遊玩，參觀各式各樣的鄉郡學校，在那些活動中間，也嘗到不少寂靜旅行的趣味。記得有一次，我去參加當地市民舉辦的全村秋季兒童集會，看到他們事前商量辦法的認眞和周密，在籌備會裏分配定職務之後，各人切實執行，從不隨便。因此我感覺到英國人有二種特點，第一、什麼事都看得十分認眞，不管公私事項，好像總有「百年大計」的看法，總想『一勞永逸』的設計。這些在英國人各種社會活動中間，隨時隨地可以表現出來。第二、歡喜研究，很細小的日常事務，一有問題，決不願隨便請教人家，總得自己先來研究。我到倫敦寓在一位開古董店的家裏，房東先生每天總要和我研究東方的物品，每晚上津津有味的同我談上一兩個鐘點。我因爲有一個借此練習英語的目的，頗感着興趣。又有一次，房東的自備汽車，發生了一些機件障礙，在他家的隔壁，就有一家汽車修理公

司，但這位房東太太，每天自己練習修理，不肯請教附近的汽車修理行。我看到了有些奇怪，問她爲什麼不把汽車送到隔壁去修理，她祇回答我『有興趣』。我知道英美人的答語中，提出『有興趣』，這就證明是最重要的理由，你不應當再追問他們所以發生興趣的原因，但我當時內心觀感，確實佩服他們的研究精神！

加爾各答紀遊

幾年抗戰生活，把每一個大後方的人民，訓練得十分吃苦耐勞，當時我們在重慶鄉郵的生活，已簡單樸素化到極點，竟回復到用油盞火，住茅草屋時代！如今有機會出國，到英美去，自然十二分高興，不過當時從重慶出國，取道印度，只有飛機一種交通工具。因此乘飛機出國，並不是『放洋』而叫做『放空』。記得三十四年的初夏，我從重慶搭中航機飛印度，當日晚七時半已安抵加爾各答（Calcutta）。

加城是在恆河口之三角洲中，靠着恆河入海的支流浩葛萊河（River Hooghly）左岸，是印度東方海口的門戶，地位形勢，很像我們的上海，面積六十餘里，戰後人口緊密，不

獨是印度第一大都市，並且是歐亞兩大戰場的交通要道。英人統治印度，起初以爲首都，後來到一九一一年才把首都遷到德里（Delhi），我一踏上加爾各答的土地，雖然在雨季，已感到熱帶風味！太陽的猛烈，射到身上作刺痛，我在加爾各答爲等候飛機，住上十餘天，參觀的地方，值得記述的可分列爲三。

第一爲加爾各答大學，設備之完善，內容之充實，據我所知，中國多數大學，都有些比不上。

第二爲印度佛教的聖蹟。佛教原是印度產生的，印度可以說是佛教的母國，誰都知道佛教的開創者是釋迦牟尼佛，他在世八十年，成道說法，亦五十年，所到的地方，非常之多，自誕生以至於涅槃，行住坐臥，處處都成爲聖蹟。後人均立塔建廟，爲之供奉紀念。

但最著名的聖蹟有六：第一在菩提伽野（Buddh Gaya）即釋迦牟尼佛成道處。自加爾各答坐火車前往，數小時即可到。第二個聖地是靈山（Baigirr Hill）。第三個聖地是鹿苑（Sarnath），玄奘大師說：『鹿野伽藍台觀連雲，長廊四合。』大約是指此處。第四個聖地是勾尸那（Kushinag）。第五個聖地是藍毗尼（Rumbini）。第六個聖地是舍衛國祇樹給

孤獨園（Sravast）。這許多地方都很遙遠，我爲時間所限，未能全部參觀，頗引爲遺憾。

第三是世界著名的植物園動物園及博物館，維多利亞紀念堂。大約就記憶所及，覺得動物園內，鳥獸蟲魚，飛走潛躍，應有盡有，收羅之富，規模之大，在東方可稱第一。植物園中有一奇特之大榕樹，遠望若傘蓋，枝幹四出，無數橫幹排在空中生根，下地復又成幹，如此盤旋錯綜，佔地十數畝，生平從未見過，嘆爲觀止。維多利亞紀念堂爲英人紀念英女王維多利亞所建，在紀念堂中，立大理石像，威嚴生動，可知當時英女皇之文治與武功。此外印度博物館，亞細亞博物圖書館等等建築結構，均極雄偉，收藏亦極豐富。

九月一日應加城總領事陳質平先生邀請，參加勝利慶祝大會，到有各盟國來賓，設中英美法蘇等各國酒席，任來賓自己選取，最後並殿以舞會助興，我以翌晨早機飛英，未終席先行。次晨五時，搭英國海外航空公司飛機飛英，第一天乘的爲水上飛機，設備精美舒適，日夜空中旅行，平穩如履平地。第二天起，改乘陸上飛機，飛機名達柯搭（Dakota）一切設備稍差，經埃及之開羅，橫渡地中海，越馬爾他島及法之馬賽，直趨英倫，計時四整天一夜。如此飛行，縮短空間，節省時間，在平時不過便利交通，一到戰時，即爲勝利唯

一條件，海外航空業之發展，必爲今後各國競爭之焦點，自無待言。

從長空俯瞰恆河

從加爾各答乘英國海外航空公司(R. O. A. C.)飛機，循印度恆河西飛，第一天是水上飛機，裝飾與配備，十分現代化，有精緻的房間，有美麗的茶室，旅客坐位，尤其舒適，完全流線型裝置，彈簧椅可以坐臥兩用，再配合了室內的人造空氣，和不傷目力的日光燈，彷彿是大旅館的華貴客室。加以水果點心，一匣一匣的早放好在各人的坐位旁，可以任意取用，可惜我不慣長途飛行，這種好福氣，還沒有資格享受，坐上飛機幾小時後，就感覺到頭暈目眩，華貴的坐位，和精美的小吃，都不感興趣。但是幾位英國武裝同志，都是在遠東戰地奉召回英的，他們興高采烈，食量既大，腹中正苦沒有補充，因此我的一份食品，無條件送給他們做慰勞品，也算是我空中的戰地服務！

飛機衝破熱浪，一直沿着印度恆河西向，俯視無量數沙，要爲着衆生度脫，這是金剛經上有一句『無量恆河沙數身』的來歷。我正在感覺頭昏眼花，抱頭假寐，聽到同行的兩

位先生，正在詩興大發，唱和甚樂。我一邊聽，一邊想着，你們在幾千呎高空中吟詩，眞可以說是『高吟』。

宛如初進大觀園

經過了五天四夜的空中旅行，穿過最熱的非洲，旅客大都感覺身心的疲勞，忽然聽到駕駛員報告：『今天可以在英國本土降落，再改乘火車，將進入世界第一大都市倫敦。』我們是怎樣地興奮！一會兒飛機在倫敦數百里外的——Hurn 機場降落了！一輛很美麗堂皇的接客大汽車，已等候着旅客了。先把我們送到入境旅客檢查處，經過了檢驗身體，檢查護照及行李，兌換英幣等各種手續，然後再用很漂亮的接客車送我們到車站，我們在車站等不到一刻鐘，就有一列特別快車開進月台，中間留好兩輛頭等客車，當然是英國海外航空公司包定，送我們旅客到倫敦用的。我們依次上了車廂，所有行李和一切物品，旅客不用費心招呼，他們給你一張行李提單，只等候你到倫敦維多利車站去領取就是了！我因爲退出上海之後，在西南大後方，六七年不乘火車，今天到了英國的頭等車廂中，彷彿

劉老老進了大觀園，到處都感覺到新奇有趣。不過在車廂裏也發現了許多戰時設備，像燈火管制（Black Out）以及一切『莫談軍事』『嚴防間諜』等標語，雖然裝置得很精美，可是我們看了還能回想到戰時倫敦飛彈空襲的可怕。

當時我在車中默想，我從飛機降落英國本土起，一直到火車向倫敦出發，中間經過了若干次進入英境必要手續，隨時隨地感覺到英國人的做事迅速，有秩序，有禮貌。一個航空公司的招待員，穿着十分整潔的制服，說上極輕快漂亮的英語，笑容滿面，溫文爾雅。使旅客們看到了聽到了，把所有僕僕風塵的身心疲勞好像服了一劑清涼散，頓時完全消失了！忘記了！你想，這是何等聰明的策略！要爭取海外飛英的每一個旅客，先有一種留英的好感！這一套招待旅客方法，也可說是國民外交的一種姿態！無怪羅斯福總統說每一個留學生都是私人大使！因此我們海外旅行者的動態，更要隨時隨地，留意到國家體面！這是出國者必須養成的一種習慣，至於英國鄉村的優美環境，不但疏疏落落的村莊，縱橫一貫的道路，整潔可愛，甚至田野林木，也許因為樹木栽植合法，與修剪得宜，也表現出特殊的美態，毫無荒涼單調的情況！當然『小橋流水』『竹籬茅舍』難得進入你的眼簾，因

此想到中國畫上的『荒寒』風格，西洋人是不大會有欣賞的雅興的。

東西兩霧都

倫敦是大英帝國的首都，居英格蘭(England)的東南，位置在泰晤士河旁(Thames)，距離泰晤士河入口處，約有四十多英里，原來的倫敦市，(County of London)範圍不大，只有四百五十萬人口，後來工商業發達，擴大市區範圍，叫做大倫敦市(Gseat London)，有八百萬以上的人口。這次世界大戰，歐州各盟國流亡政府集中倫敦，同時因為軍事關係，全英各地的人民，都搬到倫敦來參加抗戰。

我到倫敦時，據稱人口數將近千萬，總數超過紐約。中部是商業區，各大百貨公司、銀行，和各業的交易所都集中在這裏。西部是政治區，皇宮、議院，都建築在這裏。泰晤士河南岸是工業區，各種大工廠，多設立在這一段地段，無數的烟突好像樹林，把白晝薰染成了烏黑的世界！

同時因為氣候潤溼，終年溫和多霧，常常和工廠中的烟煤混合起來，籠罩全市，所以

稱爲『霧都』。

二次世界大戰，全世界都知道的盟國二大『霧都』，常被敵人轟炸，這就是指倫敦和我們的戰時首都重慶。當時重慶被日機狂炸，因爲多霧多山多防空洞，損失並不重大，就此驚動了西戰場『霧都』的軍政首長，倫敦的參謀部特別派了軍工專家，飛到東戰場的『霧都』重慶來，實地考察我們防空洞的設置。在這次二次世界大戰中，能吸引英國軍事家光降到重慶來請教我們的軍事工程設備，也可說是絕無僅有的事，這就由於『天時』相同，中英兩國恰巧大家都有一個『霧都』的天然保衛。

倫敦的君子之風

我在倫敦住了三個多月，大部分時間爲參觀與旅行。和倫敦人民接觸的機會很多，知道他們有禮貌，守秩序，眞有謙謙君子的風度，較之戰前在上海的英國人，常持手杖打人力車夫，以此作爲遊戲的那種傲慢舉動，有天壤之別。我在印度，有一位武官同我說：『英人到印度，組織東印度公司，開發印度，有了成績之後，就自命不凡，趾高氣揚，不

但把亞洲人不放在眼裏，連自己固有的君子風度，也完全拋棄在一邊，所以，我們在亞洲看不到英國人的好處。你現在就要到英國去，却一定會看到真的英國 Gentleman 的態度和舉動。在倫敦多住幾天，你必然會感覺到倫敦人士，確有「君子之風」。

記得我有一次實行『寂靜的旅行者』的計劃，在倫敦郊區遊歷，爲了人地生疏，幾乎做了『迷途的羔羊』，幸有倫敦紳士的殷勤指導，毫無困難。

譬如說：好幾次我在倫敦街上行走，稍稍一停，舉目四顧，若有所失，迎面來的英人，馬上就來問你，May I help you? 意思是「我可以幫助你解決你的困難嗎？」我如果要問路或詢問商店地址，他不但指導你如何走法，有時竟陪你同去，這樣的熱忱，眞使你感激。

英國政府現在儘量獎勵生產品，選擇最好的出品，送到國外去傾銷，爭取世界貿易權，質地不好的留着自己用。我初到英國，倫敦已發明原子筆，但倫敦市面上却不許出售，大批做好了，先送到美國去傾銷。英國人民，儘量刻苦耐勞，從不怨政府，好像每個人民，都知道英國這次大戰中損失慘重，尤其在經濟方面，先要全國人民緊縮，度過難

關，非如此就不足以復興英國。我和英國人談話和無線電廣播中，常常聽到這種論調，是何等深刻的教訓。反觀我國，個個人只曉得喊『米珠薪桂』，但是細細地考察社會上一切生活，依舊在窮奢極欲中爭逐；『國奢則示之以儉』的論調，要被人唾棄爲老朽，看到英國人民的榜樣，實可警惕。

統制物品的嚴格

依照英國戰時規定，外國人一進入倫敦境，必須在二十四小時內，先至首都警察廳『外國人登記處』，辦理登記手續，照例是驗護照，經過當面詢問之後，付英金一鎊，和本人照相二張。第一步領取『外僑登記證』一册，和『臨時國民身份卡』一張，然後將這兩種文件，到你住居地方規定的糧食辦公處，(Food Office) 領取統制配購證書，(Ration Book) 有了這本統制配購書，你可無憂衣食了。

住居倫敦的任何人民，倘沒有『統制配購證書』，有了錢也買不到任何日用品，因爲英國人在戰時統制食物和衣服日用品，相當嚴格，規定每個人的衣服和糧食，有一定的辦

法。

在英國食物中像鷄蛋橘子蘋果等營養品，只准兒童和孕婦配購。服裝中除了帽子外，一切都要憑證購買，假使用完了應有的購衣證，就沒法再添購。

凡是外來的人民，一到倫敦，如三天內尙未領到上項購物簿及購物證，房東或是旅館主人就監察你去辦理，否則不留你住宿，人民有知識擁護法律，國家的政令，自然容易推行了。而英國在戰時物價的平穩狀態，不至於上漲，都是嚴格統制日用品和採取憑證購物所產生的好結果。所以當時我在倫敦，見到英國人着舊裝的特別多，穿新衣服的就一望而知爲初到倫敦的外國人。人民以穿舊衣服爲光榮，這也值得我們三思！

倫敦的神祕之街

壁克地廣場（Piccadilly Circus）是倫敦最熱鬧的區域，彷彿紐約的時報廣場（Time Square）和上海的日昇樓。在這一段地帶劇院、舞場、影院、酒樓、飯館所有各種現代化的娛樂場所，應有盡有。一到晚上，另有一種神祕的活動，當然不離『色情』二字。最覺

得奇怪的，到了晚上十點鐘後，就有各種小書攤出現，出售香艷的低級趣味一類書報，富有性感的裸體畫，和各種裸體表情畫片，洋洋大觀，無奇不有，在這種書攤上任你選擇。據說這一段地帶，很有些像戰前上海的神秘之街，一樣地有一般鷄皮鶴髮而裝得像貴婦人樣子的，專事吸引青年們去解決性的煩悶。

大都市的夜生活，自有各式各樣的夜遊神出現，點綴出五光十色酒綠燈紅的繁榮大都會，倫敦雖是大英帝國的首都，他無論怎樣帶上紳士化的面具，也畢竟逃不了我們那兩句『食色性也』『錢能通神』的古話，有極香艷的色情故事演出。我們當時自忖「老上海」到海外旅行，何妨探本窮源，來一個痛快的研究，總因書卷氣太重，再加上幾十年『君子自重』的教育力量，也就作罷了。這倫敦下層社會的觀察，現在想起來，我們一般長衫朋友，還是缺少這種實幹的勇氣，從另一點上說，也可算是一種失敗！

街頭的景色

從萬里路以外，跑到世界第一大都市倫敦來觀光，日常耳目所接觸，覺得中英兩國的

不同，究竟有那幾件事？一個初秋時節的清早，我一個人在倫敦街道上，默默地一邊想，一邊走，看着浸潤在露水中兩旁樹上的黃葉，給剛從東方升起的太陽光，照射得格外透出鮮妍金黃色，那時我正走向海德公園，後面趕上來的男男女女從笑語聲裏，聽出他們正談論到他們自己的愛侶；——各式各樣地洋狗。同時我就看到每個人手裏都牽了一頭愛犬，更從他們走路和談論的情景裏，曉得他們是到海德公園去『放狗』。這種輕快的神情，正和上海跑馬廳旁一早就有好多人提了鳥籠立着或蹲着『冲鳥』一樣地興趣濃厚！如以中國人『養鳥』的理論，去推測英國人的『養狗』心理，當時我確有一點奇怪，因爲中國人一只手高高地托着鳥籠，嘴裏銜了捲烟，有時定睛仰視行雲，側耳細聽鳥語，可以呆立着長久不動，那種舒適神態，在中國叫做『寫意』，至少是代表有閒階級的樂趣。

可是英國的有閒階級，跑到公園裏『放狗』，還是健步如飛，急衝衝地跑得很快，他們一邊『放狗』，一邊以走路代運動，呼吸新鮮空氣，實行健康生活。中國人以消磨時間爲『閒』，在『閒』裏尋快樂，英美人却以『忙』爲規律的活動，越活動越有興趣，所以他們的娛樂，大都是動的。有時他們自己開了汽車，無目的地兜圈子，認爲也是一種行

樂。再拿喝酒做例子，英國人喝酒；一大杯一大杯地喝，中國人喝酒，一小杯要分幾次來喝，喝酒要越慢越有趣味，耗費時間越長，越有『雅興』。似乎這個『雅』字和『閒』字的哲學，一到英國人腦子裏，也許會費盡心思，還想不出一個所以然。

在戰時，遇空襲警報，倫敦街上可以碰到戴禮帽穿禮服拿手杖的老紳士，很自在地慢慢踱進防空洞，逢着婦女，還要來一個 Ladies First ，這是英國人的『君子作風』。同時，我想到我在重慶遇到警報，聽說幾位時髦小姐太太，先要進房對鏡子照一照，搽一搽粉，再急急奔進防空洞，在防空洞裏避空襲，也竟會拿出小鏡子來化裝，這是中國婦女們的喜歡漂亮，也可說是中英國民性的不同。

倫敦的出差汽車，至今還保持着古老面目，我到倫敦第一次僱出差汽車，看見方方正正的樣式，和戴上老光眼鏡的車夫，把我幾乎笑痛肚子，後來我問英國人，你們新車很多，爲什麼不把出差汽車來一次改良，裝得漂亮些。他們回答我很簡單，說是這種古老的出差汽車，還是很切實用，第一：牠具有高高地車廂，戴了禮帽來坐，不必脫帽低頭。第二，牠有寬大的坐位，不但可多坐人，並且不會擠縐禮服。第三，因爲新車既多，自然方

正的老式車，倒成了出產車子的一種特殊商標。有此幾種特點，何必要把牠改裝流線型呢。我聽了，便證明了英國人的富於保守性。

馬蹄聲得得好像很有節奏的音樂，從很遠的地方，漸漸清晰地送到我的耳朵裏，猛抬頭就有一匹高頭大馬拖了極笨重的貨車在馬路上行走，這一幅圖畫，我在倫敦僻靜的街道上常會碰到。

最使我驚奇的是極高極大的那匹馬的雄姿，以我的推測，那種馬的軀幹，要是把上海常見的馬去比較，至少要超出二隻以上，因爲我從未看到如此大馬，越看越有趣味。有時乘馬車停在街道上的機會，我竟會像小孩子一樣走到馬身邊，從頭部、胸腹、四足、毛皮、一直到尾部，細細地觀察牠各部份的狀況和活動，竟會看得出神，呆立街頭不動，要一直目送牠走得越出視線爲止。雖然這種大馬，外貌似乎很凶猛，可是十分馴服，牠拖的是一輛長方形的卡車，裏面裝着無數盛滿了牛奶的玻璃瓶，節奏似地走路，可說是『彬彬有禮』，『進退有序』。駕駛這種大馬的，都是些年逾耳順的老頭兒，既無火氣，更沒有發脾氣的機會，嘴裏銜了紙烟，一邊吸，一邊唱，從這種神態裏，證明他是一位老有經驗

的駕馭者。他的頭一上一下地搖動得十分自然，好像他正在靜聽自己的呼吸，以及馬蹄聲是否很合拍的奏出前進的音樂。他老是把馬鞭子放在一邊不用，因爲牠每天都是走一定的路線分送牛奶，所以停止和起步，老馬早已識途，更無需『馬上加鞭』。

紐約的地下城

在敵僞時期的上海，地下工作者都負着艱鉅的使命，有壯烈的表現，在每個人心頭總不會淡淡地遺忘。這『地下工作』四個字，是一種不公開的工作。但是；現在的美國，已有眞正名符其實的『地下工作』，那就是在六七十層巍峨矗立的房屋之下，尚有四五層的地下房屋，不但是房屋，連停車場、火車、電車、以及衣食住主要工作，都在地底下活動。河面上架了橋，還不夠，在河身下，建築了隧道，所以，二十世紀的新式都市的發展，已不是陸上，而是在地下和空中了。

紐約人口，超過上海一倍以上，繁榮甲於全世界，假如沒有近百層的房屋，所有建築仍祇如上海的十八層高，再加上沒有地下的城市，那混亂的狀況，也許比上海還要劇烈幾

倍。

紐約的繁榮，也可說借助於地下工作的，所以地下城是地上的助手。紐約的地下城，在『下城』(Down Town)一帶像時報廣場(Times Square)大中央站(Grand Central Terminal)本薛文尼亞(Pennsylvania)等幾個地帶的車站，有極偉大的建築，單是講行駛地道車的車站，有着五六層的地下城，乘客往來起落於『地下城』，有着三種不同的交通工具，一種是步行的階台。一種是用電力活動的『自動階台』，叫做『活動樓梯』。一種是自動升降機，經常自動的升降，乘客川流不息的上落。洛士中心(Rockefeller Center)是一種現代化的大都市建築，東面是以第五馬路(Fifth Ave.)爲界，西面到第六馬路(Sixth Ave.)南北從四十八街起到五十一街，這一方塊熱鬧地段，上面矗立起六七十層的純鋼避火建築，著名的影戲院，像廣播城(Radio City)及美國著名的廣播公司(R. C. A.)都在這一個洛士中心一段建築中。

而地下面也有好多層的建築，極精美的飯館、酒排間，以及百貨商場，開設得十分富麗堂皇，和地上的沒有什麼分別。

因爲地下城如果沒有了電燈光，就變成黑暗世界，雖有好建築，也不能使用，所以地下城的電燈裝置，十分重要，試想，日夜不分的天天要用電燈，這地下城的電燈裝配與管理，確是一種專門技術，我當時在地下城遊覽，就有這一種感想，可惜我不學電機，否則倒可以作一種極有趣味的攷察。還有地下城的空氣調換，比較地上城當然格外重要，此外如冷熱人造空氣等等衛生設備，在地下城都有極精密的裝置。所以紐約的地下工作者，並不因當在地下而損害他們的健康，這是一位美國醫師所給予過我的一個答案。

地下工作，因爲沒有街道上車輛來往的紛擾，環境比較安靜，所以工作效率，決不減少。我們都曉得紐約的人口，比此刻的上海，要多到一倍以上，汽車公共汽車、電車，以及出差汽車，也比上海要多上幾倍。雖然他們街道寬廣，交通管理周密，加之人民恪守紀律和秩序，可是畢竟在極熱鬧的地帶要走過一條馬路，也是一件很困難的事，因爲密如蛛網的多方面交通街道，車輛和行人的擁擠，也往往一失足成千古恨，大家都提心吊膽，有『行不得也哥哥』之感。因此好多穩健份子，尤其是從四鄉初到紐約來的鄉客，情願先行『入地』，跑進地下城去，可以舒舒服服的走過幾條街道。

記得去年冬天，我在洛氏中心一家商店中和一位朋友到紐約的中國領事館去，從五十一街跑到四十八街，完全在地下城穿過，當時外面大雪紛飛，地下城中却溫暖如春，我笑對朋友說：美國的地層建築，如此講究，如此舒服，他們的『地獄』，也許勝於我們的『天堂』。

奇妙的停車站和升降機

地下工作的設計，我覺得最神妙的，要算紐約的『地下停車場』，和倫敦的『自動發音升降機』。紐約滿黑登(Manhattan)區的下城，熱鬧情形，可以說世界第一。平常從星期一到星期五的上下午辦公時間，來來往往的汽車，在初到紐約的人看見了，一定會頭暈目眩，其汽車數量之多，聽到了更要使你咋舌。美國人自駕汽車，已成慣例，因此在下城的汽車停放，是一個最困難的問題，紐約警察為了交通和安全問題，對於馬路上汽車的停放，有極嚴格的規定，因此幾毛錢一小時的停車場，在下城一帶，也應運而開設了不少，可是畢竟還不夠，所以在洛氏中心(Rockfeller Center)一塊最新式的建築地帶，有了一所

極大的『地下停車場』。

這所地下停車場，據說上上下下可以停放三千輛汽車，這種地下停車場的組織，甚爲週密，停車場的大門，有『進路』，有『出路』，截然爲二，譬如說：我開着汽車去停放，一到大門口，就有人來照料，拿出一張有號數的卡片，一半插在你的車子上，一半給你對號領取汽車，這樣你的汽車，就交付他們保管停放了。因爲各人的汽車，開進去的時間不同，同時停車的數量又過多，所以你拿了對號停車證，到這個現代化的地下停車場去領汽車，當然是一件極複雜的工作，但他們可以在兩三分鐘內，就把你的汽車開出來交還給你，這又是何等簡捷！不知道是如何運用着機械電化的工作，纔能得到如此神速的效果。

在倫敦有一處地道車站，旅客從地道中走出來，想到地面上去，必須乘『自動升降機』，這座『自動升降機』，看不到什麼人操縱，完全利用電氣，自動開門關門和升降，並且與播音機配好了，會自動地說話，指導旅客。我爲好奇心所驅使，特地去乘坐一次，記得那一次，我在地道車裏出來，跟了其他英人走到這座自動升降機的外面，聽這座機發

出話聲，說是：『現在升降機到站了』，就看到升降機慢慢地降落到你的前面，再說：『先開門，請各位旅客依次走進來』，『請大家站好！』『現在關起門來，上升了』，『現在到了地面車站了，開門，請各位依次走出去，再會！』這一套招待旅客的說話，和機門的開關，機身的升降，竟是一天到晚，一年到頭，完全自動。可惜，我沒有時間去研究其中究竟如何利用電力操縱，由此可以證明英國是隨時隨地，拿機械來替代人力節省人力，這當然是各種新事業進步的一大原因。

紐約越深廣的地下城，大都建築在數十層地上房屋的下面，究竟先造地上的房屋？還是先興地下的建築？假使是先建築了地上房屋，又如何進行這個房屋下面的掘土工作？我在紐約走到地下城時，腦海中當浮起這樣一個問題，但還沒有得到明確的答案。

吃在倫敦

我初到倫敦，因為語言風俗習慣，一切都在人地生疏的情況下，因而鬧出了不少笑話，可是這種笑話，又確是學習成功的重要因素。譬如說；一日三餐，上館子吃飯，起初

也並不簡單，在那密密層層的菜單上，滿印着精美的盤形文字，雖然是英文，但生疏的字，也不在少數。還有許多菜單，爲了要顯出高貴、神氣，全篇都印上法國字的菜名，當你踏進飯店，一入了客座，拿着菜單的年輕美麗姑娘，就會走上來說："Yes Sir next please"這一套話，意思是說『先生，輪到你了，請點菜』。她注視着你，等待着你，但客人却正在探索各種菜名的解釋，這種窘況，眞非身歷其境者不能道，沒有辦法，祇好敷衍塞責地隨便點了幾隻菜，根本吃不慣，也惟有勉強吃下去，眞所謂『嚼蠟無味了』。

有幾次受了飢腸的驅使，走進了滿座皆是高鼻藍眼的飯店裏，因爲你是個外客，就不約而同的有幾百隻眼睛死釘住你，使你臉上自會發紅，甚至會『進退維谷』。在戰時，尤其在節省人力的英國，有許多飯店，沒有侍役，完全要客人自動，那種自動吃飯的辦法，開頭也得學習一番，你如果沒有依照了『入境問俗，入國問禁』的古話去做，也就會處處碰壁。

有許多飯店裏的客座，是有時間性的服務，你不先問個明白，在過了時間以後，盲目的坐下去，使等到天黑，也不會有人來睬你。戰時倫敦厲行節食，規定每人至多點三道

菜，就是一湯一菜一點心，我有一次點完了三道菜，再預備多點一道，那女招待便說：『對不起，我沒法幫助你』。言下似乎有一種譏諷的態度，為了吃飯的不合習慣，感覺到不少麻煩，眞是『天下無如吃飯難』了！

路角大廈(Corner House)這一個名詞，是倫敦特有的一種吃飯的地方，大都建築在熱鬧大街的街隅路角，相當富麗堂皇，可是倫敦紳士，却以此為大衆化的食堂，大約因為在那裏吃飯，具備了『普通』『經濟』和『迅速』三項條件。這種路角大廈的飯館，沒有小房間的雅座，場面雖然偉大，但都是些普通客座，每天在規定吃飯時間內，可以常常見到排隊吃飯的鏡頭。這種飯館，也分自助餐和非自助餐兩種，所謂『自助餐』，就是飯館裏預備好了各式各樣的公司菜，要客人自己去拿，吃了自己付錢，沒有人來侍候你的簡化辦法。所謂『非自助餐』就是飯館用了女招待來侍候客人的。前面一種吃法，當然經濟迅速。後面一種吃法，比較寫意，除了多費時間以外，還要多化小帳。

在路角大廈吃飯，有二種好處，第一吃飯的人多，一個寂靜的旅行者，眞可利用機會，冷眼看出一大批一大批英國人的吃館子哲學。所謂倫敦紳士，一到壯年，就喜歡拿手

杖，戴禮帽，進路角飯店，自然不願意例外。於是這手杖禮帽兩樣東西，進飯館之後，便成爲累贅，尤其在吃自助餐時候，一方面要招呼自己的禮帽和手杖，一方面又要拿菜盆，不免顧此失彼。好在他們都有幾十年的經驗，也就不覺得手忙脚亂。當他們見了婦女在自己的左右前後，他們的君子作風，更容易表現出來。『退讓』、『留神』、『鎭靜』，一切尊重女性的姿態，好像只有倫敦紳士，最會實地表演，而且在路角飯店裏演出，又似乎最覺得親切有味，我每次在路角飯店裏吃飯，有時看得出神，比吃還感覺興趣，可以說有吃有看。

音樂這一件美妙的藝術，也是路角飯店裏獨有的點綴，吃飯時有一班樂隊在台上奏樂，且聽且吃，一曲奏畢，無論如何，總不會忘記來一個『鼓掌如儀』。此外如輕輕地談話，嘴吧張開時，不露出牙齒來，以及吃湯不會有聲音等等吃的禮貌，又似乎每個人都畢業於幼稚園，從小就養成了好習慣。

講到『午後茶』，凡到過英國的，沒有不知道是一件吃的重要禮節。倫敦紳士在四時左右，不吃『午後茶』，倒並不是感覺飢餓或缺少營養，而是有失禮節，眞像我們蘇州紳

士。如果下午在家裏不吃點心，好像是有關面子，所以在下午三點半以後的午後茶時間，路角飯店的客人，就特別擁擠。

吃午後茶，除了極簡單的幾色西點外，那眞眞是吃茶，特別每人都有一把茶壺，慢慢地可以喝上幾杯，邊吃，邊聽音樂，在這時候，板起面孔的紳士風度，也是不會碰到的。因爲吃午後茶，不宜太快，所以最合格的茶客，要推上了年紀的老夫婦，那種輕快得意的神態，眞是盎然現於面，尤其在老光眼鏡下，看着一班年輕的人，進來吃茶，似乎他們會回想到自己少年時的情趣，不時露出會心的微笑。

中國城中中國菜

中國人遊歷英美，爲了環境改變，在生活上有最感不慣的三件事，第一是吃，第二是洗澡，第三是理髮。外國人的吃，因爲過份注重了營養，並不講求調味品的配合，生的冷的東西，當然比熟爛的更富於營養，但是生冷的東西，滋味畢竟比不上熟爛的好吃，何況我們中國人，生性不大喜歡吃生冷的東西。再從烹調方面說，外國人的烹調多用電氣、煤

汽鍋灶，當然比不上我們特別攷究火功，這『火功』二字，在外國主婦們，是不大容易理會的，因爲火功完全是人力的藝術，在機械式的電熱中，萬萬不會表演出來。還有如何運用調味主要品如油鹽醬醋糖等，外國人採用的方法，也和我們完全不同，譬如說燒一個雞，我們用各項調味品先後和雞放在一起煮，自然燒出來的雞，來得格外可口，外國人煮菜，却只懂得老老實實的白燒白燉，並不把調味品和雞一同烹煮，而是把燒出來的雞汁，另外取出來，再和以調味品，燒成湯汁，等到吃雞的時候，再將這湯汁澆在雞肉上面，因爲美味的雞汁，早已提出，和雞分爲兩部份，當然不會「入味」。

這種烹調，我們認爲太簡單，但英美人却當做一件極複雜的事情。至於煮鷄的方法，在我們有『一鷄三吃』『一鷄五吃』各種辦法，另外還有『八寶鷄』『香酥鷄』等五花八門的吃法。我有一次在紐傑賽州和一位美國太太講述，她聽了很出神，認爲『聞所未聞』，當然更『吃所未吃』，馬上請求我在她家裏來一次表演，可憐我只懂得吃鷄，臨時要我實地試驗，烹調法確有些爲難，當時我便舍難取易，撇開了鷄，答應她在下星期日舉行一次紅燒乳腐肉的表演。

事前我特地到住在紐約國際大廈的幾位中國女學生那邊，先來一次請教，再到『中國城』買好了乳腐，等到星期日，親自帶到她家裏，當場表演，這位美國太太，確實研究心切，約好了另外二位主婦，和她的二位姑娘，拜我做老師，參觀我的烹調方法，我一邊講，一邊做，她們一邊聽着，一邊做筆記！美國的姑娘，天性都很活潑，他們看我做菜，同時還會扮出各種鬼臉，贊嘆我的手法神秘。結果，乳腐肉總算燒成，因為醬油不好，對於紅字，不甚切題，有些慚愧，但等到大家吃肉時候，我就利用機會，特別提出孔夫子所說『割不正不食』的意思，拿『方正』來表示君子作風。同時再拿倫敦始終保持着方方正正的出差汽車，做一個牽強附會的例子，笑得大家噴飯，這算是我的國民外交勝利。

因為中國菜在海外相當出名，所以在英美各大都市，到處都有中國菜館。這種菜館，大都是廣東人開的，當然吃的是廣東菜。在外國人心目中，便認定廣東菜就是道地的中國菜，其實外國人吃的廣東菜，早已變質。因為外國人用刀叉，喜歡吃冰淇淋，所以美國各地中國菜館，為迎合美國人心理，專門有一種菜，配好了一湯一飯一點心或是冰淇淋給美國人吃，叫做『美式中菜』。這次大戰，美國人到中國來的特多，所以最近美國人也知道

他們在美國所吃的中菜，不是眞正的中菜，於是他們在美國結識了中國朋友之後，第一件事，就要請求中國朋友帶他們到中國館子裏去，吃眞正的中國菜。留美的中國學生，想交際美國女朋友，進中國館點吃中菜，可算是唯一的固定節目。要是這個『固定節目』長期演下去，中美聯姻的大軸戲，常常會極自然地演出，這是一位老留學生告訴我的結論。

在倫敦，紐約和三藩市都有中國城（Town China）是中國僑商集中的地方，因此中國館子特別多。其中以三藩市的中國城最爲偉大，僑胞人數也最多，在三藩市中國城吃廣式點心，特別精美。紐約的中國城，熱鬧雖比不上三藩市的中國城，但中菜館大大小小，各式都有，佈置也相當富麗，其中當然以『美式中菜』爲最多，定價也比紐約其他中菜來得昂貴，因爲紐約中國城，也算是紐約的一景，世界各國人士到紐約遊歷，把進『中國城』當做一個固定節目。每天在下城四十二號街一帶的遊歷客車，或是旅行社裏的導遊者，常常在喊着『中國城去嗎？』遊客一到中國城裏，當然大吃中國菜。

紐約第二個中菜館集中的地方，在上海城的一〇二街到一二五街一段地帶，因爲國際大廈和哥倫比亞大學都在這一個範圍內，因此中國飯館裏的顧客，大半是男女留學生。

『學生飯』就比普通吃館子不同，中外倒是一例，這一帶中菜館裏的『學生飯』是十足廣式，毫無美化，價格也很便宜，大約美金八角，便他發一頓，可以使久別了中國的一般留學生，嘗一下家鄉風味，相當滿意。

羊城酒家在紐約西五十一街，因爲靠近紐約總領事館，便成了中國外交界和官方請客的地方，設備陳設，相當富麗，飯菜也很精美，可惜壁上所掛的繼幅花卉山水，充滿俗氣，大都是玄妙觀三淸殿裏的手法，毫無書卷氣。我曾幾次請主人更換，廣東人生性硬硼硼，不肯聽從，其實這種畫給外國人看了，眞是貶低中國藝術的聲價。

波士頓不但工商業繁盛，因爲附近的康橋市(Cambridge)有世界聞名的大學，麻省理工學院和哈佛大學，所以波斯頓在美國也算是文化城。因爲文化城，就少不掉是有一個小小的中國城，來作爲一種點綴。我去參觀哈佛大學和麻省理工學院時，曾到過城中，吃過一次中國飯。在飯館裏，遇到了不少我國留學生，都是麻省理工學院和哈佛大學的學生。據他們告訴我，這裏的中國菜館，精製廣式點心，價廉物美，比紐約中國城的點心，要強得多了。那天我吃到了鷄鴨大包，和鷄肉燒賣，和上海的廣式點心，不相上下。

上海飯店，開設在紐約市上城百老匯路與一百二十五街之間，要算是紐約唯一的中國館子。蘇式紅燒肉，和寧式豆腐炒蝦仁，頗爲可口，侍者都會說上海話，也是特點之一。（在美國所用侍者中菜館都是廣東人）在紐約的一班上海朋友，趨之若鶩。紐約中國銀行，世界貿易公司，以及資委會辦事處中的職員，和東南江浙各界旅美人士，大都以該館爲聚餐之所，我當然也是老主顧之一。記得這一家飯店的壁上，懸有商震將軍所寫的『美盡東南』四字，不但字體挺秀，也饒有書卷氣。

倫敦的皚克地（Piccadilly）和嘉陵十字路一段熱鬧地帶，也有不少中國菜館，上海樓、新世界、探花等等名稱，都算是中國菜館的代表作，又因爲只有上海樓一家會做豆腐，所以生意特別好，可惜價錢太貴。新世界小吃比較有名，菜肴也便宜。探花規模很大，樓上樓下都有舞池，多『英式中菜』。請外國人去吃，比較適宜，至於東倫敦中國僑商集中地段，也有不少中國館子，他們所做各式各樣的中國菜，確是道地的中國味道，可惜地點距鬧市既遠，布置也比較古老，不夠現代化，所以在倫敦不很出名，總之在倫敦吃中國菜，更不如紐約的價廉物美。

英國的衣食配給證

在戰後，外國人到倫敦來，第一件頭痛事，是領取身份證和配購證。第二件感到麻煩的，就是你要化費若干時間，去弄清楚那本衣食配購證(Ration Book)的如何使用。這一本小小六十四開的購物證，相當複雜，包括衣食兩大項，由英國糧食部發給，這本小册子我至今還保存着，作爲絕好紀念品。

全球各國，各色各樣的人物，進入倫敦，雖然他們使命各有不同，但一視同仁，要領到這一本配購證。當時倫敦人口將近千萬，就是至少要預備好千萬以上的配購證。在倫敦，大家知道這本小册子的重要，竟可說相依爲命。

配給證因爲分發的數量太多，紙張及裝訂，十分簡單，在封面上，照例寫着領證人的尊姓大名，和住址，這三項必須要和你身份證上所列的相同。封面上最重要的一項。是糧食辦公處的番號，這本配購證，共有三十八頁，其中七頁，除了爲衣着添購必須用的印花外，其餘都是配購食物時應用的，食物的種類，分肉、蛋、奶油、乾乳酪(Cheese)、鹹

肉、糖六種，還有茶葉，也在配給之列。

英國婦女和美國人一樣喜吃糖果，所以巧果力糖、奶油糖等，各種糖果小吃，每人也有限制，在這本小册上有『積點』(Points)一項，是專供買糖食小吃用的。例如規定你每週一次糖食，在買糖食的時候，必須先交出你的配購證，由商店店員，剪取你配購證上的『積點』；看你的『積點』多少，再確定你應該買多少糖食，換句話講，要是你本週的『積點』早已用完，就是有錢，糖食也不能賣給你。聽說倫敦有好多婦女，因爲糖癮太大，常借了別人的『積點』，來買糖食，對於這一點小小的弊端，他們說是『只認積點不認人』。

衣服的配給，是憑印花券(Coupon)配給的，一件大衣，要十八個到二十個印花券，一條領帶，要一個印花券，一件襯衫，看質料的好壞，要四個到八個印花券。如果你一年內所有的購衣券都用完了，就沒有辦法再添新衣服，商店裏的夥友，必然要先問明了你有多少購衣券，再讓你選貨，常常爲了缺少一二個購衣券，檢好了一件衣服，就此買不成。

倫敦的水果，都要從外面運進來，憑證買水果，更不是一件易事，配給制度，是倫敦戰時的產物，聽說至今還沒有取消，足見英國戰時的物質損失，相當重大，但人民的刻苦精神，也眞值得佩服！

忙迫的工作・鮮艷的標語

在倫敦因爲戰後糧食統制，多了無數糧食辦公處。這種糧食辦公處，密佈在倫敦每一角落裏。每一個糧食辦公處，管理若干地段居民的糧食，這種糧食分區配給辦法，用數目字來排列。我第一次領取配購證是在L.36的糧食辦公處，就是說我進入倫敦後的糧食，由L.36管理配給，以後寓址變更，必須先到糧食辦公處更換所居區域的番號，所以我在倫敦因爲三次移動寓址，就變更了三次糧食辦公處的番號。

我看出糧食辦事處一天的工作，最忙的就是辦理番號和人數，變更的登記手續，每次到糧食辦公處，常見到一大批等候的人民，排成極長的行列，在那裏請求更換登記。糧食辦公處的職員，大部份是女性，這就可證明戰時英國男子大都服務於軍隊，所以用女子來

幹這種工作，英國在戰後，女公務員的數量，原已特別增加了。

在這辦公處裏，見到各種圖畫標語，都是精美彩印，鮮艷奪目，像『糧食先送前方戰士』，『爭取勝利，必先愛惜糧食』，『營養品先配給兒童和孕婦』等標語，還有各種糧食產額的統計，以及英國歷年人民死亡統計圖表，當時我就發生了兩種感想，第一點，就標語圖表的內容說，英國人眼光遠大，做一件事，總有永遠的統計，在『勝利第一』『糧食第一』的條件下，還要人民注意衛生營養，同時看到將來人力的可貴，把未來主人翁和他們的母親，(兒童與孕婦)早為準備，將營養品儘量緊縮，儘先配給他們，這可稱戰時教育，無孔不入。第二點，我覺得標語的印製和取材，也值得我們研究，標語要醒目，要選出最重要緊急的事情來做標語，而廢去一切無病呻吟的標語。標語又不輕易貼出來，一經選定貼出，就要切切實實地做到後再更換。至於標語的式樣，又一律要美化，因為標語雖然是一種臨時應用的刺戟品，但牠的質料，也要顧到永久性。

以上這一段『標語須知』的談話，記得是倫敦糧食辦公處裏一位女公務員對我講的，她說完之後，又提出一個極堪回味的問題：『聽說貴國革命後，一切進步，人民多有貼標

語的經驗，我方才所講的話，恐怕先生早已知道，是的嗎？』我當時只好若無其事，輕微地回答一聲『是』，其實我內心自忖，實在有些慚愧，如今回到闊別十年後的上海，看到各式各樣的標語，似乎還是一套『打倒式』的作風，標語的印製，更不免因陋就簡，粗製濫造，再回想到倫敦姑娘所提出的問題來，更好像無話可說了。

牛奶那裏來？

英美人注重營養，食品方面，最注意的是牛奶的供應，人人需要牛奶，天天需要牛奶，牛奶在他們的心目中，簡直不可或缺。以前在外國小說中看到貴族女子洗浴用牛奶的故事。不免歎爲豪侈，但也可以拿這淺近的例子來證明牛奶在英美確是最重要的日用必需品。如果一旦牛奶來源斷絕，在他們竟等於中國的米麥絕跡，必然會引起不可遏制的恐慌。倫敦的人口有一千萬，他們一日數餐，都離不掉牛奶，因此供應一千萬人口的牛奶，不但是一個很龐大的數目，同時也竟是一件奇妙的事實。

在上海吃牛奶的人，認爲中產以上的人家。但在倫敦，差不多家家戶戶，都有人送牛

奶去，在深晚到清早，從城郊看見輸送牛奶的車輛，到處皆是。如果英國的交通工具，也像我們國內那樣缺少，那麼牛奶送到每個人家裏，已是中午，牛奶也早經發酵變質了，倫敦市當局，曾爲牛奶的製造、分配和輸送，盡了很大的努力。要是牛奶製造和轉運問題，在事前沒有深切的計劃，一定會把牛奶變成疾病的傳染劑。

我爲好奇心所驅使，也曾幾次三番，在倫敦郊區內，想搜尋牧場，並觀察他們牧場的管理，牛奶的製造和運送，以及乳牛的食料保護法，可是很不湊巧，除了在倫敦有一次放映科學教材，看到一種牛奶製作的影片之外，從沒有機會，得到實地研究的資料；對於如此龐大的牛奶供應量，而很難發見乳牛和牧場，至今還覺得是一個奇妙的問題，

紐約的靜

只要一聽到大都會的『繁華』兩字，我們總會下意識地意味着一陣子喧鬧、擁擠，夾雜着電車輪軌聲，汽車喇叭聲，小販喊叫聲，以及種種刺耳的聲音，時間一久，甚至會麻木了每個人鬆弛的神經，而如臨大敵似的緊張。但是講到紐約，却使我們意想不到，紐約

確實是最繁華的，但是，紐約的『繁華』，並不像上面所說那種情形，相反地更襯托出她特有的沉靜，有秩序，有條理，不，還更有一種超脫的『鎮靜』。

在紐約的『路上行人』，只管向着目的地往前走，如像什麼事都與我無關，絕對不會中途停留，所以，一大堆一大堆阻碍交通的人羣，是不大容易見到的，同時汽車的喇叭聲，也不大聽到。我想美國人初到上海，最感到奇怪的，一定是滿市的汽車喇叭聲。

在紐約汽車的數量，雖然要超過上海數倍，但很少聽見喇叭聲，駕駛人除非到了緊要的時候，不輕易撳喇叭，就是撳喇叭，也不會像警報一樣不斷的撳下去，因此在紐約下城一帶，幾條特別快車道上，每天來來往往平行排成六條線路的汽車，只聽到汽車擦過馬路嘶嘶的聲音，絕少聽到喇叭聲，這可說是鬧中取靜的紐約汽車。美國人開汽車，喇叭聲如此之少，却還有人提出議案，要制定公路上夜間使用喇叭的法律，就是說最好把汽車喇叭聲設法裝成一種音樂，那末汽車開在公路上，必要時撳喇叭就只聽到一陣音樂，市民不至破粗暴的聲音驚擾清夢了。

『一馬離了西涼界…』一陣歡笑聲，京戲完後，接着香格里拉又唱起來了，久住在里

弄房子中的作者，早已『司空聽慣』，這種耳福，只有我們上海人享受得到，紐約的公寓中，是大多數居民的住所，每個住戶，大概總有一架收音機，但他們的收音機，開得低到只供一個人可聽的程度，要是像上海家家戶戶開收音機，一定會把全部公寓，沉浸在音樂聲浪裏，鬧到一個什麼樣子，也就可想而知了。

上海的熱鬧，也可說寄托在各樣的聲音裏，里弄裏藝術化的對罵聲，鞭打小兒聲，叫賣聲，這都是從朝到晚固定的節目。火車站上，那更不得了，火車一到，乘客下車時那種吵鬧，幾乎要人回憶到逃難的情景。紐約的中央總站，本薛文尼亞車站，旅客雖多，卻異常寧靜，站上雖然也有小販賣報和售賣零星雜物，但絕對沒有像中國那樣高聲叫喊，也沒有拖泥帶水的還價，他們手裏拿了預備出售的物件，上面標着價目，慢慢地走過你的面前，你要買就可招呼他一聲，叫貨式的高聲售物，是不會有的。

在飯館裏，吃飯當然是主要目的，談話便是吃飯時的附帶條件，在美國飯館裏，也有這種習慣，可是他們講話聲音，特別放低，好像習慣了耳語式的，不會給別人聽得到，在中國，除了極秘密的事件，必須悄然對語以外，在茶坊酒肆中，還不是高談闊論，甚至於

高歌狂笑。

紐約生活的緊張，當然以地道車的表演，最爲精采。但淸晨七時至八時上辦公廳寫字間的一段時間，在極度擁擠的地道車裏的乘客，隨時可以看到他們『極靜』的一個鏡頭。當你踏進車廂中，人都擠滿了，坐的立的，都是『人手一報，』鴉雀無聲，除了高速度的輪軌聲外，靜得可以聽到乘客翻閱報紙的聲音，因爲他們正凝着神，各看各的報，當然沒有人會高聲讀報的。

廣播城(Radio City)是紐約最大的影戲院，整天的開放，一批一批看戲的人，排了隊等着，戲院執事人員招待這成千萬的看客，分兩行或四行的前進，依次購票，都用極輕微的聲音報告，大批的看客，除了輕輕耳語外，沒有什麼熱鬧的雜聲，一進戲院，都是軟厚的地氈，自然走路也沒有聲音，就坐後，數千看客的寂靜作風，竟會把一座繁華的廣播城，變得好像一座寂靜無人的空城。不過話要說回來，美國人在公衆地方，隨時隨地都有靜的訓練，惟有車站輪埠以及戲院公園男女情人接吻聲，都是越響越熱烈，在這種鏡頭下，就沒有靜的姿態演出，這確是一種特別作風。

門雖設而常關

紐約的摩天樓，幾十層直聳雲霄的高大建築物，雖然外表宏大，牠的吞吐口——門，却除了門戶較多以外，和我們上海所習見的洋式門，一樣大小。要是門的大小，和建築物的高低，成了正比例，像我們中國宮殿中的大門一樣，那麼摩天大樓的門，正不知怎樣的高而且大，但實際上美國的門，依據建築物的式樣，有着很多的種類，最普通的是兩扇門，門面寫出『推』和『拉』，還有一種輪轉式的，川流不息地旋轉，這也是在上海所常見的，並沒有什麼出奇。

比較奇妙的，是運用電波的作用，自動的開門或關門，這稱爲『電眼』，就是說，兩扇玻璃門，裝置了『電眼』以後，由於電波的作用，兩方面的電眼，能發出一種肉眼所看不到的電波，使玻璃門經常的關住，等到人走近玻璃門時，身子隔斷了電眼所發出的電波，彈簧門就自動的開了。

恕我不科學的談論『電眼』的作用，總之所謂『電眼』，也是利用電力來代替人力，

每個客人走到門口，不待你推門，門已自開，請你升堂入室，這是我在紐約的一家大公司裏親自經歷到的。戰前上海好多洋行，有專司拉門的巡捕，神氣十足，鄉下人望而生畏，要是早有了電眼門的裝置，不但節省人力，同時也是根絕司閽者慢客的一種科學方法。

我們的田園詩人陶淵明寫過一句，『門雖設而常關』，可說是爲美國人寫照，美國人的辦公室、寫字間和私人住宅，一切房屋上的門，都是常常關住的。

在美國，不必在門上寫明『隨手關門』，可是每個美國人，都懂得這套禮節。不但如此，隨時隨地入室關門的習慣，美國人也早已養成了。聽說英國人的君子作風，更要出奇，丈夫公畢回家，從外面第一回進入自己的臥室，也要像生客似的先敲門，靜候妻子在室內答應了，再推門入室。說到嚴重些，如果丈夫不敲門就闖進去，不但認爲丈夫失禮，潑辣的嬌妻，竟可據爲理由，控告丈夫不尊重她的自由而提出離婚。在紐約有一位西友告訴我，在美國警察捉人，明明知道他在旅館的某某號房間內，但不能闖進去，也須敲了房門，然後進入，說明理由，拿出證據，纔帶着犯人走，總之任何房間的開關，是相當鄭重的，不像我們中國，隨時隨地，可以闖入人家。甚至于半夜三更，查旅館的先生，隨便打

門進入臥室，如是美國人聽了，一定會說：何以中國人有這樣大的自由權。

在上海的弄堂房子，進出大都不用『前門』，大家習慣用『後門』，在紐約的公寓中，根本找不到後門，一進幾十層的摩天大樓，第一課就要學習『太平門』（Exit）的使用、方向和地點。所以外國人租房子，最注意『太平門』，彷彿中國人租屋，一定要查後門，同樣是爲安全着想。紐約幾十層的旅館裏，每層就有好多紅色燈光，指示『太平門』方向的線路，一座摩天大樓，有好多『太平門』，所以紐約的小孩子，從小就要指導他們走出太平門的方法。當然安全第一，也就是『太平』第一。

閒話電梯

在都市裏只要多住上二三年，電梯已是司空見慣，不足爲奇了，在一座公寓的門口，你只要踏進電梯，喊一聲幾樓，自會有人替你關門，開門，根本不必操心。但是，在紐約以及美國幾個大城市中的高大房屋中的電梯，不像上海的容易，這種複雜情形往往會超出你的想像。

因爲美國人的生活起居、辦公，大多數都在高樓大廈內，所以，電梯在他們的生活交通中亦佔着極重要的地位，如果電梯沒有，走樓梯的話，走到上面，已下辦公了，剛走到下面，又上辦公，那不成爲笑話嗎！

所以在紐約的一所六七十層的房屋，平常都有十座以上的電梯，因爲少了不夠應用，也要像上海的電車一樣擁擠了！但是，十座電梯還簡單，還有不易分淸的，快車和慢車，快車有一上十層，有的一上十幾層不等，慢車便和上海的大同小異了，更有一種一上三十層，再上六十層，假使你要到三十五層，便先乘到三十層再乘慢車到三十五層，所以你不弄淸楚，而目空一切，乘錯了電梯，便要茫茫然不知所措了。

再有一種電梯，是拿方向來分別的，如果你住在大廈的東面，你必定要乘東面的電梯，否則一定要乘下來，重新再乘。而珍貴的時間白白地浪費了！因爲美國的人力很珍貴，不像中國有的是人力！豪門家庭，可以用了二三十個男女僕人不以爲奇。

所以有許多電梯是自動的，你跑進去，在裏面有許多撳鈕，上面寫着１２３等數目字，你要上三樓，便把３字一撳，便自動地上去了，到了三層，他會自動地開門，你走出

電梯，他會自動地關門，假使電梯在頂上一層，你在底層要用電梯，也只要在電梯底層門上一撳電鈕，電梯會自動地慢慢地降下，將到底層前幾秒鐘，見到門上紅燈發光，就知道電梯已到，一會兒紅燈停止，電梯門自動開放，你便可走進電梯內。

假使你要乘到五層去，你只要把5字的電鈕一撳，要是有人撳過了3字電鈕，他會先到三層再到五層，他也知道順序而進，順序而下，所以在電梯內，二個客人同時撳4和6字，如果在上面下來，一定先到六層，再到四層，如果從下面上升，一定先到了四層之後，再上升六層，這是科學的優先權(Priority)先後辦法一律，沒有情面和地位的分別！

關於電梯的上下，都有各種的記號，有的是聲音，何種聲音是代表上升；何種聲音是代表下來。還有一種是燈光，譬如紅燈代表是下降，綠燈是代表上升，還有一種上下用電燈光箭頭做記號。

電梯的乘客，也有限制，只乘十五人的，多一人便不可。紐約高大的建築，常常有一種電梯，專門給公司裏職員應用。客人是無法乘坐的。客人走差了電梯，一定會碰到不客氣的對付，總之乘紐約的電梯，並不簡單，怎樣乘坐電梯也得來幾課學習，因此有乘電梯

專家的發現！眞所謂『三十六行，行行出狀元』。

那就是許多大廈前面的電梯，站了好多穿了制服的電梯招待專員，專司詢問，你不淸楚可以去詢問他們指導你直上摩天大樓！所以，老上海初到紐約，也像鄉下人進城：電梯照樣不敢乘。

開電梯的小姐，穿上畢挺的制服，動作敏捷，說話漂亮，邊開邊說，把各樓的貨物名稱，報告無遺，送你直上摩天大樓的百貨公司，使你在電梯裏有看有聽，不感寂寞。因爲美國姑娘們上街購物，進百貨公司是固定節目，所以一般年輕人，很喜歡來坐百貨公司的電梯，擠在脂粉隊裏，從底層直上最高層，不但飽餐秀色，據說還有進一步更好的機會！（自然有色人是不容易碰到的。）

美國有許多旅館，用黑人開電梯，這般人，愛鈔如命，紐約花事，藏在旅館裏的，他們瞭如指掌，旅客踏進電梯，四顧無人時，只要暗中給他一張美鈔，他對你作一個會心的微笑，就負起導演使命，當晚就有香艷的鏡頭。其他各種暗殺搶刦等黑幕新聞，凡是在旅館裏演出，與這般人似乎都有關係，他們眞是大旅館大公寓的秘密偵港，這是一位老紐約

告訴我的秘聞。

美國大學生，極多自食其力，服務所得，補助生活。因此開電梯是一種最好的學生職業，紐約各大學裏的開電梯，一部份就是本大學讀書的大學生！工作以鐘點計算，和上課時間不衝突，這是極好的工讀制。

美國唯快以爲寶

美國人講求效率，對於時間的經濟，可稱無微不至！隨時隨地，總以快速爲貴，自助餐館(Cafeteria)密佈紐約商業區下城一帶，就是爲了爭取生意勝利，不能不講究吃得越快越好的辦法，所以產生了最經濟的自助餐制。

紐約證券交易所，不但裝有紐約同芝加哥間的對講電話，並且大家裝有自動發報機，像新聞電一樣地一天到晚不停地自動發報，報告倫敦和歐亞各國的股票市價，隨時決定賣出買進，稍爲一慢，就有幾十萬到幾百萬美金的出入。快的效率，眞是嚇人。

紐約人行道上，無論男女，只聽到閣閣的皮鞋聲，一批一批的人，一直前進，好像都

有什麼要緊事情，在幾分鐘內一定要趕到的樣子，地道車、公共汽車和電車的門口，只聽到放進五分錢的鎳幣聲，和自動計人機器拍搭一響連續不斷地一長排乘客一個一個順次走去，各自前走，不會牽絲攀藤互相謙讓先走，或是會鈔，來浪費時間。

因為走路不夠快，要坐汽車，汽車有紅綠燈慢下來，所以紐約特別造出一種沒有紅綠燈的單程三線快車道，只准前進，不准停留。從上城到下城幾十哩的康莊大道，可以開五六十英哩的速率，一會兒馬上就到。

地道電車比地上電車要快，可是站站要停，還嫌不夠快，所以有雙線特別快的地道電車。一開就是幾十條街，在地下像火龍似的前進。車廂門反正都是自動機械化的，所以車子到車站電紐一撳，好多車門一齊自動開了，一邊乘客下來，一邊乘客進去，電紐再一撳，十幾節的車門一齊自動關上了，繼續前進，從不耽擱一些時間。

從紐約到華盛頓，比上海到南京的距離，要多上一半路，為了好幾家的鐵路公司，（美國鐵路都是私人企業）大家競爭營業。大家提出穩快為標準。所以華紐火車來往，只要四小時就到。每半小時一班，紐約和華盛頓對開，早上晉京去辦事，晚上回紐約住夜，

不生問題。可是還嫌慢，所以有飛機往來於紐約華盛頓間，一天有好幾班對開，那末只要一小時多就可到達。

美國交通發達和便利，還是從大家求『快速』一個條件下造成的。美國人交際，也喜歡快速，所以和美國人往來，總是一見如故，就像幾十年的老朋友。不像英國人，一定要有十年訂交的君子作風！

這次大戰，美軍到中國戰區來，和我們士兵初次見面，『頂好』一聲，好像大家都是老吃糧似的，彼此間毫無隔膜。就此並肩作戰到底，完成最後勝利。這也可以說在『快速』一個條件下打着了勝仗！

講到美國男女社交，你總不要死記中國社會通用的那種禮節，也是以『快速』為標準，你要是見到女朋友，認為合意！你切不要放過她，馬上就要進攻，快速度的熱烈，美國姑娘不但不討厭，並且要說一聲『謝謝你』！要是照抄我們一套小生這邊有禮，斯文的求愛辦法，一定要失之交臂。上海以前流行的時髦歌曲『特別快車』一段求愛情形，當然是瞎三話四，可是拿來描寫美國青年男女的快速情愛，眞夠資格！

遇，仍舊要彼此招呼停下來，說上一串無謂的客套話。小輩碰到長輩講話，一定要等長輩走後再可離開，說是有禮貌，耗費時間一層，當然滿不在乎。美國人在路上不期而遇，大家舉手一揮，『哈囉』一聲，各奔前程，義無反顧，決不拖泥帶水說上一套：『天氣好，你上那兒去？再會！』等等。這種特別快車似的遭遇交談，好像內河小輪船在開行時，迎面碰到了另一條輪船，大家拉一拉回聲，各自向相反方向前進。

中國人祇交看重面子上的敷衍，忘記了時間經濟一點，雖然是熟朋友，路上不期而

商店裏買東西，雖然是你的時間，仍舊要快買快走，方爲得體。因爲大商場裏人頭擁擠，一個店員服務一個櫃台，已經相當吃力，有時一個店員，要招呼到二三個櫃台，那當然更要當心快買的原則，反正貨物多是劃一不二價，決不容許你有還價的時間。

有些商場，只有一個付帳處，一批一批的顧客，等候着付款，唯有訓練極純熟的『快手和自動付款的『快』機，才可以應付。所以你走到大商場的帳櫃地方，獨看見美國小姐一雙玉手，不停地上下忙着掀計數計，釘鐺一聲，角子大洋鈔票和帳單一起交給你，結算也快，找錢也快，很清快的說一聲謝謝，要使你留得一個快感在腦子裏。她似乎已經成了

習慣，別人看她緊張，她却很自然地演出快速度結帳的一個鏡頭。

吃快飯當然上自助餐館，可是爲了自己拿盤子，自己取菜，自己拿牛油麵包，還覺得慢，就有更簡快地自動餐(Automatic)的發明，這種館子開設在紐約下城一帶，跑進去先換好從五分到半元的美幣，各種冷飲，各種小菜，一起放好在玻璃框子裏，價目多已標明，你想吃什麼，就按照他的價目，投入美幣，拉出來就可大嚼，節省了結帳付款的時間。

各公共場所，多裝有免費飲水處。用紙杯子喝水，喝完了就丟掉，還有一種喝水機，有的用手掀，有的用脚蹴，清水會送到你嘴裏，可稱乾淨爽快。

雜貨店買香煙、買糖果、吃巧克力，要等候店員的招呼，就覺得太慢，所以車站、旅館、學校、一切公共場所，都有自動售貨機，投入美幣，把扳機一扳，貨物和找頭一起落下來，拿了就走。連油煎花生米，在地底電車站，都有自動售貨機，電車到站，走出車廂，投入五分鎳幣，扳出油煎花生米上車，邊吃邊看報，萬一到站，電車開走，反正等一二分鐘，第二班車就到，這是美國調皮學生常演的鏡頭！落得再扳五分花生米吃吃，改乘

第二班車。

跑馬場用最快的照相機，拍最正確的新聞片，終點頭馬跑到，自動的照相機，早把那只頭馬拍好，一會兒全國各地的報紙，都已印出來，傳遞和印刷，何等地快速，使人咋舌！

美國每年著名的各種運動比賽，各報社多有外勤記者就在場上打出消息，報館裏馬上印上特刊，分送到全國各地，你在運動場看球類比賽，看完了走出大門，就有賣報童子拿了當天當場的運動特刊，等候你買回去細看留作紀念。

美國二大通訊社U.P.和A.P.全球各地滿佈着通訊網機構，在各報社裝置自動電訊打字機，一天到晚，不斷地打出新聞電訊，採訪全球各地發生的新聞，當天送給各國採用。交通落伍的國家，本國發生的重要新聞，往往要靠美國的電訊來源，自己採訪的消息，反而落後。美國新聞事業的競爭，都在消息快速一點上做功夫，大可注意！

紐約時報廣場矗立着時報大廈，屋頂四週日夜不斷地公佈新聞，都用自動電光字，活動綴成，算是『快』的一種新聞報道！

美國各級學校裏的考試，採用測驗方法，用『十』『一』記號，減省筆答的時間，同時限制時間，在快的條件下測知學生的正確成績，原來美國人以快爲寶的作風，也靠學校教育的力量。譬如交卷的先後，做教師的一定在試卷上紀錄好，逢到成績相同的學生，就以交卷快慢做等第的標準！

拍小照要費沖洗底片的時間當然嫌慢，最近發明了一種照相機，把拍攝和沖洗底片的一套工作併在一個機器內。一面拍照，照拍好，捲攏來便經過一種藥水，就替代了沖洗，等到拿出來，照相已經印好。從拍攝到印好照相，只有幾秒鐘就完成，比之拍照和沖洗分開的照相機，要快得多！

紐賽州有一個遊戲場，裏面好多遊戲，多是快的遊戲，跑冰場上最快跑冰的表演，越快越有趣。美國人最喜歡跳的一種舞，名字叫快舞。紐約有一種冰上跳舞，也是表演各種快的姿態。

考試無線電台上的×小姐，不但要咬字個個清楚，還要說話越快越好。規定一分鐘能說多少話作標準，因爲美國無線電台的廣告價目，以分鐘計算，用一分鐘多少錢，所以精

明的廣告跑街，要選擇說話最快的×小姐。每年蘇聯化大量宣傳費交給美國各電台，廣播蘇聯政策。美國把這種宣傳，當做商業性質廣告看，同時認為收聽無線電，是人民的自由，當然不加取締，所以蘇聯常常利用美國廣告掮客的賺錢主義，同時迎合美國人喜歡快說的脾氣，選擇說話最靈快的×小姐做廣播員，在美國電台，竟有蘇聯講話的一個特別節目！

走進美國公司商號以及一切學校機關，不停地搭搭作聲，看到美國小姐一雙玉手演出最靈快打字的鏡頭！好比我們商店裏管帳先生一只手打算盤的姿態，一樣地迅速純熟！所以考試打字小姐，要拿一分鐘能打若干字來做標準！

美國人走路快，說話快，吃飯也要快，一切交通工具當然要快！美國人天生就一種快脾氣！連大小便都想快！快是美國人的精神所在，是一切前進的原動力！

受人歡迎的警察

談到美國警察的作風，我想中國人聽到了，一定會覺得奇妙，英美警察的職權，一樣

是爲了保衛治安，也一樣有各種違警律的制定。但覺得奇妙的，是近千萬人的大紐約市，除了少數交通警察外，很少見到警察在街上巡邏，也不容易找到警局。有一次我因爲要考領駕駛汽車執照，在事前紐約的交通局給我一本駕車考試須知，裏面有數十個必須考試的問題，我特地把這許多問題澈底研究，以求完全明瞭。曾記得裏面有一個問題，說是你開車如果闖了禍，不論事情大小，應該先辦理什麼手續？答案中規定馬上到你出事地點的警察局，報告一切。我就想這件事確是重要，可是我在紐約市，從未見到警察局和警察派出所，就請教西友如何找尋警察局，他就領我到我居住地的警察分局去，我一看與普通寫字間毫無分別，既無門崗，更無荷槍實彈的警士，當然我因爲看慣了我國的警察局和派出所，都有一種武裝的佈置，所以不容易找美國的警察局了！

我的西友，再對我說這一間寫字間內，還藏着無數武裝警士呢，我眞像空城計裏的老軍們，看不出『十萬大軍』藏在何處。

後來他把這間小寫字間裏的若干祕密電線，和對講電話的作用，講明白後，我纔瞭然於其中設有許多電化裝配，都是直通警察大本營，用來調兵遣將的。繁華的紐約市，下城

爲熱鬧的商業區，有時還碰得到一二個武裝警察，上城都是住宅區，清靜寬廣的人行道上，只見娘兒們牽着狗或是推着小兒睡車前進。眞難得碰到一個穿着制服手提小木棍的警察先生。可是每隔若干條街道，就有無形的警察，和電桿木一起終年站立着，那就是裝在電桿木上的『警察對講電話匣』。這種特殊電話匣有二種，一種是警察專用的，那當然純粹爲了警務應用，一種是普通市民通用的，要是你在路上需要警察來服務，就可走到路邊電話匣旁，開了匣門，取下聽筒，就有警察來和你講話了，但這種『電化警察』的站崗辦法，還需要與人民知識程度配合。前年秋天，我和幾位美國朋友駕車遊紐約郊外的熊山，歸途在公路的山崗上，暮色蒼茫中，汽車拋了錨，眞是四顧無人，行不得也哥哥，這位美國朋友便提議還是找尋警察講話，我當時想，山野荒落，如何找得到警察呢？他說這一段山路，一定有『警察對講電話匣』，後來竟給他找到了，說明地點及警察的分段號數，警察便駕了汽車來救險，還送我們進城。

美國警察的服務，以守法不自私爲第一，我在美國，看到好多電影，都是用盡各種方法來描寫警察服務精神，我想這是美國化的製片政策，可是這種宣傳，已經有了成效，目

前美國社會上，好像都有一種自然的輿論，信仰警察，認警察是一切正直無私的代表，不像政客的狡猾好用手段，所以大家愛護警察，服從警察。平時警察在街上指導人民，總是和顏悅色，尤其看護一般兒童，格外週到。在紐約幾條小學校所在地的街道，在午刻十一時十二時之間，在校門前的街道上滿佈警察，如臨大敵，這一個鏡頭在上海演出，一定認爲出了什麼亂子，其實是紐約警察先生一個極平常的節目，原來他們正在照料兒童，安全走過熱鬧的馬路。

倫敦著名的標準英國人，便是警察先生，高大健碩的個子，戴上一頂像上海救火會員所帶的尖頂制帽，立在馬路上指揮車輛，十足表演沈着、老練、紀律化的英國作風。我有一次在倫敦的銀行街，向警察先生問路，我自問不算矮小，可是他還是彎背低頭來和我講話，講完話，對着我從上至下，作一個全身的巡視，在板板的面孔上，露出了一絲微笑。經過這一次印象，使我下次不敢多向他們詢問，原因極簡單，是受不住他們的全身巡視，使我感覺到東方人體格的不夠魁偉，爲之慚愧。

我最佩服倫敦海德公園的警察先生，穿上畢挺的黑制服，因爲身軀尚大，手裏所拿的

木棍，更顯着微小，挺胸凸肚，慢慢地踱出去，一眼看到一大羣，一大羣的人在草地上演說，他靜靜地走近人叢中，也側着耳朵細細地聽講，儘管你講的是什麼主義，或是什麼新奇的學說，以及各種政治問題，只要演講者和聽衆沒有犯到違警律，他就很自然的離開這一大堆人羣，再到另一處露天演說的地方去做自由聽講員，不加干涉。有時走到濃陰深處，遙以青年男女相互偎抱，演出各種香豔甜蜜的鏡頭，他的面部表情，一會兒繃眉，一會兒露出會心的微笑，再離開這地帶，走到兒童樂園那邊，和小天使說幾句玩皮話，走到大樹下，和獨自閱讀的老姑娘談上一談，再搖搖擺擺向着他意中所要去的地方前進，這種神態，十足表現着忠實服務的精神，用冷靜的頭腦來分析一切，用老練的手段來應付一切，好像世界上只有倫敦的警察，是最懂得法理和制度，也最能維持社會秩序，這確是皇家忠實信徒的作風。

至於紐約的警察，正和倫敦的警察，成了一個反比例，雖然他們也穿上制服，但是輕快活潑的姿態，從他手裏拿的小木棍，隨便前後左右搖動，這一點上，便可以理會得到！華盛頓也有一個微小的 China Town ，那裏開着不少中國菜館。有一次我在熱鬧的F街

上，請問一位警察先生，如何尋到中國菜館，他滿臉笑容的和我邊談邊走，他問我幾個有趣的問題：『你打過日本人沒有？你們作戰好久，爲什麼現在還不能安定？你是不是共產黨？』等等。我心裏想，他已費了時間，陪我走到中國城，我應該有些謝意表示，當時我就說要是你有時間，可否同吃一次中國菜，他回答：『謝謝你的好意，這是我應有的服務，再會！』掉頭就走。

美國人歡喜說笑話，警察也不能例外，只要法律上許可，像中國人所謂『無傷大雅』，也就不以爲奇，所以美國大腿戲院裏，往往有一二幕噱頭，描寫警察上臺的插曲！無中生有的喜劇，目的在乎使觀衆發笑，台下的警察，看了也隨衆大笑，認爲做戲是做戲，事實是事實，滿不在乎，並不認爲侮辱警察，演出大打出手或禁演等一套殺風景的舉動。美國人遇到女人最歡喜說幾句俏皮話，警察先生又不能例外，有一則笑話，說有一次在某一個場合，一位妙齡姑娘，被一位風流少年追逐，寸步不離，姑娘奔向警察先生那邊訴說，希望禁止這位少年的行動，那位警察先生很自然地向她點了一點頭，笑着說：『要是我落了差，脫去了制服，見了你也要追逐呀。』這雖然是笑話，可是把美國警察的輕鬆活潑，

已完全表演出來。

美國的祕密警察，與各國一樣穿便服，把番號放在上裝裏面，遇有公事接洽，先拿出番號來再執行。美國的F.B.I.就是他們的調查統計局，是一種祕密特務機關，在這次大戰時期，這個機關的情報工作，在他們國內外，都有驚人的成績，就以目前論，美國各層社會內幕，都有這種祕密警察參加，各種旅館，各級學校，以及一切公私社團，都在他們服務範圍以內，他們在不損害自由的條件下，把每個重要人物在每個團體，調查得十分清楚！留待必要時的參考應用。原來民主國家，也有他們的祕密工作，但是他們的祕密工作，却又決不侵犯人身自由，決不妨害民主。

海濱浴場中的游泳熱

美國是一個新興的國家，新大陸人民的愛好自由與天性活潑，假使拿整個人生來作比喻，美國人像常處在少年時代，換句話說，他們的活動，眞與兒童和青年一般的天眞。沒有一個兒童不喜歡弄水，沒有一個青年不喜歡到水邊遊虐，因此美國人的游泳熱，比任何

國家要顯著，最熱烈最精采的演出，是在海濱浴場。一入夏季，各地公私海濱浴場，完全開放，男女老少，成羣結隊，像瘋狂似的奔向海濱浴場，向海水中找尋快樂。紐約市的位置在大西洋邊岸，自然獨多設備極好的公共海濱浴場，供給數百萬市民免費應用，這種浴場，確是市政建設上一種大計劃。

紐約最大的海濱浴場有二，一個叫做 Manhattan And Brighton 海濱浴場，是紐約著名的消夏聖地，位在 Coney 島上，有六英里長一英里寬的地位，這裏包括各種娛樂，最著名的勝蹟，有一條三英里的甲板路，這甲板路是木製的人行道，建築完全像大輪船上的甲板，只許人走，不准車輛行駛，在這甲板上排列了無數長鐵椅，一任遊客憩坐，一面可以看海濱浴場裏各種男女的游泳活動，一面又可以遠眺大西洋裏澎湃的海浪。這裏又有極舒適的飯館，精美的冷飲和英法大菜，一應俱全。這浴場裏的各種露天游戲場，也在夏季裏應時開放，並有音樂廳，奏演出各種不同的音樂，此外還有一個 Luna 花園，園裏有各種不同的彩色遊戲，吸引了不少遊人。

從各國來紐約觀光的成千萬旅客，都以一游這個消暑聖地爲樂事。紐約的 B. M. T. 地

道車，可直達該島，交通也很方便。

此外另有一個偉大的游泳場，稱為瓊斯海濱浴場（Jones Beach），距離紐約市有三十三英里，在紐約乘長島鐵路，再轉公共汽車，就可抵達。這個海濱浴場，雖然沒有前文所述那個浴場來得偉大，可是紐約市民，也爭先趨赴。原因有兩點：第一，從紐約到這個游泳場，必須經過幾條公路，都是紐約著名的三線或四線的單程大道，公路建築的舒適和現代化，比較紐約市內的馬路還要好，美國人原以駕車出遊為一樂，同時又可到達海濱浴場，再來一個嬉水的娛樂，所以成雙的男女，甚至於合家老幼，駕自備汽車到瓊斯海濱浴場，格外來得多，這算是雙重尋樂。第二，因為瓊斯海濱浴場的沙泥，特別細潔，比紐約任何海濱浴場來得有趣，我在紐約一年餘，到瓊斯海濱浴場的次數最多，我的游泳技術並不高明，可是最喜歡到海濱浴場去淩海水，看到美國人的游泳，完全把他們的肌肉，和海水日光相奮鬥，那種興味，眞是十分濃厚。

美國人到海濱浴場游泳，他們的注意力，又在領略日光，所以又有『日光浴』和『曬太陽』兩種俗話來代表海浴，因為皮膚經過太陽光的炙曬，在身體上要增加不少抵抗力，

這完全是一種健康運動。海濱浴場的沙灘上，有兩個好鏡頭，一種是紅、黃、藍、白的障日大傘，成千成萬的插在沙中，遠遠望去，像秋天的落日晚霞，眞是五色繽紛，蔚爲大觀。另一種鏡頭，是肉的表演，小姐們，少婦們，一大批一大批的曲線美，姿意欣賞，只有到海濱浴場，纔能享到這種豔福。

美國的男人，平常逢到有女人的地方，假使不穿長褲，認爲極不禮貌，可是到了海濱浴場，却是例外，男男女女，大家都穿着游泳衣，男子上身裸體，只穿着一條游泳短褲。女子最新式的游泳裝，衣料減少到幾乎成爲全裸，上身好像祇有奶罩，只把乳峯遮蓋，下身只有一條極度緊短的三角褲，這樣的鏡頭，只有在海濱浴場中演出，不但毫無半點不自然的意思，並且是一種很平常的男女交際活動。

記得我第一次在紐約瓊斯海濱浴場滿臉，同行的有男友二人，中美各一，美國女友三人。我和另一位美國男朋友駕車前往，到了目的地，男女分開到更衣室換了游泳衣。出來同到海濱游泳，這算是我的海濱處女浴，回想起來，當時我眞像一個『處女』，看到她們穿了幾乎全裸的游泳衣，躺在沙灘上，談笑自若，我感覺到十分緊張，幾乎坐立不安，活

潑俏皮的美國姑娘，看出我的弱點，把我一把拖到海濱，強迫我落水。嘻嘻哈哈，拍手大笑，這一個活潑輕快的動作，照美國的風俗，算是海濱浴場上極普通的節目，因爲遊伴同來，有人就違反了同樂的意思，在交際場中，也許算是大不敬，可憐我十分清瘦，雖然也有幾分『骨感』，可是在動人的『肉感』隊伍裏，只覺得相形見拙，就鼓不起興趣去游泳了。

到海濱浴場，除了游泳外，有好多種沙地活動，小孩子們帶了小鏟刀小鉛桶玩弄沙泥，樂此不疲，兒童自有他們的興趣，當然爲成人所理想不到的。姑娘們常常做了沙灘上的美國足球，被她們的男友或是旅伴，提起了她的兩手兩足，上下左右地搖動，有時被一個男孩子搶到了，抱住了她逃走，好多男朋友追上去奪回，此去彼來，怪聲叫喊，算是暢快的尋樂，男女間的關係，到此境界，完全打破！在青天白日之下，沙灘上一雙雙一對對情侶，相互擁抱着，也毫無顧忌！

海水奇冷，所以大家從海水裏出來立刻到沙灘上仰臥，把沙堆在身上，使身子發熱，有時也有把身子完全埋在沙泥裏，只露出一個頭部，這是美國姑娘的戲沙玩意，她們也以

這套把戲去對付男友們的頑皮，美國人男女老幼到海濱浴場去，正和到禮拜堂做禮拜，一樣地熱心。

玩的地方，一定有吃。瓊斯海濱浴場的吃，十分簡單，充飢的只有煎牛肉餅夾圓麵包，和香腸夾長麵包二種，此外獨多冷飲，像冰琪琳、汽水、牛奶和可口水等一應俱全，其中以啤酒一項，最受人歡迎，男男女女，喝得酩酊大醉，倒在沙灘上，這是常見的鏡頭。

在海邊游泳，不時有風浪突起的危險，當然他們的安全教育，十分注意到這一點，岸上有瞭望台，監察男女客人，不准離海灘過遠去游泳，在海邊劃定了危險境界，有警察乘了救生艇滿載救生員，隨時巡邏，以防萬一。所以在海濱游泳，常常聽到警笛聲，這就是救生艇上的警告，一定有人撞到危險境界了，在海裏放快樂的游泳，叫做『衝浪』，等候浪潮衝過來，男男女女迎着浪去跳躍，越衝越遠，越遠越深，上下浮沉，可是這種遊戲，不善於游泳的，決不可嘗試，隨時有一失足成千古恨的危險。

女人騎在男人的頸項裏，在海裏競走遊戲，有時男人用頭頸的力量，把女人拋入海

中，男人再做救生員將她救起來，也是海浴中常玩的噱頭。中國俗說戲水鴛鴦，眞可爲美國男女靑年海浴寫照。

總之，美國人愛好海浴，無分男女老幼，一到海濱，眞像『如魚得水』，只要換上游泳衣，白髮老翁，早忘記了自己的高齡，紅顏女郎，也忘了自己是女性，在海濱儘量的運動，儘量的行樂，一幅極樂世界圖，展開在新大陸的每一個海濱，個人得到健康，羣衆養成活力，海浴的功能，是否僅止於爲游戲，却也是値得深思的。

整齊淸潔的華盛頓街路

在一個微風拂拂陽光和煦的下午，我到了美京華盛頓。那是一個象徵着民主的城市，四周都是森林，大多數的建築，既不過高，也不過低，不像紐約的市容，擠滿着許多高聳雲霄的摩天大樓。並且屋旁大都留着許多空地。

我在 Ral igh 旅館裏稍爲休息了一下，帶着興奮的心情到馬路上去散步。成羣結隊的汽車，來來往往的奔馳着。街道很淸潔，而且特別整齊。一個陌生人只要費上幾分鐘工夫

就可以認得全城的大部份街路了。全城以 Capitol 大廈爲標準點，分爲東北、東南、西北、西南四大區。在熱鬧的區域，凡是由南至北的街道，都拿數目來分別，例如第一街、第二街；凡是自東到西的街，都用英文字母來分別，例如A街、B街。那些斜穿的馬路，又用各州或大城市的名稱來作爲路名，如紐約路，本薛伐尼亞路等，其中要算本薛伐尼亞路最長，華京的街路，實在最合乎大家的理想。

雅淡的白宮

次晨十時，我已到了本薛伐尼亞路一千六百號——白宮（White House）的面前了。白宮的房屋雖不高大，但它連空地所佔的全部面積有十八英畝。在屋旁的空地上，種了八十種不相同的樹木，景色美麗極了。

除了總統的臥室和辦公室外，白宮的其餘各室都一律開放，任人參觀，富有平民化的精神。

白宮的牆壁是用佛基尼亞的灰色沙岩築成的，漆上白色，所以名爲『白宮』。這座建

築物是長方形的，有一百七十呎長，八十五呎闊。連地下室共有三層。基石是在十八世紀末年奠定的。它的外觀又莊嚴又樸素。每年來參觀白宮的遊客有一百萬人之多。

我先到東廳(East Room)去參觀。那是白宮各室裏最大的一間，長八十七呎半，闊有四十五呎。地板漆得很亮，光可鑑人。三盞壯麗的水晶燈座，懸在離地板二十二呎高的天花板底下。室中陳設的器具非常精美，色彩也佈置得十二分的調和，極能引起遊客的歎賞。在東牆和西牆有四只壁爐，爐上邊的裝飾是用法比兩國的玫瑰色大理石刻成的，美麗極了，好像見到了新嫁娘的臉，那樣地令人可愛。在這四個壁爐的上面，裝着四面鍍金的鏡框，框中嵌着華盛頓、林肯、哲斐遜和富蘭克林的半身瓷像；那些瓷像是由法國名技師精製的。此外，還有兩幅著名的畫像，一幅是斯兜阿脫 (Gilbert Stuart) 畫的喬治·華盛頓，另外一幅是安特劉司 (A. F. Andrews) 畫的馬泰·華盛頓，這兩幅像畫得栩栩欲活，富有吸引性，眞不愧是名家的手筆。在其餘的牆壁上，佈滿着浮彫，都取材伊索寓言。彫得活潑生動，令人百看不厭。

從東廳出來，我先去看次大的餐廳，此廳可以容納一百零七個食客。全屋的牆壁嵌着

英國橡木，天花板上有灰泥的浮雕，牆壁的一邊設着一只大壁爐，爐邊鑲着一塊很大的寶石，上面供着林肯的肖像，由胡佛總統親手懸掛的。整個餐廳配上綠色的裝飾品，窗帘和地毯等都用綠色的天鵝絨製成。

在同一層上，還有藍室、綠室和紅室，都是把陳設的顏色來題名的。藍室是總統的私用會客室。室作長圓形，所以也有人稱之爲卵形室。室裏的牆壁是藍色的，窗帘也是藍色的，上面飾着許多金星，這是白宮裏頂漂亮的一間，器具的考究，自然不言可知了。在綠室裏，牆上鑲嵌着一層白瓷板，罩着一層綠色的天鵝絨，掛有哲斐遜等總統的肖像。紅室裏裝飾着紅色的窗帘，室裏陳設着日本大使送給羅斯福夫人的洋娃娃，牆壁上懸的是羅斯福和克里扶蘭的肖像。

我費了三小時，遊遍了白宮裏准許參觀的各室。這時飢腸轆轆，不得不帶着快感的情緒跑出來，白宮好比是一朵白蓮花，具有澹泊、文雅、大方的特性。

華貴的國會議事堂

翌日上午，我又去參觀了美國的心臟，一億三千萬人民的自由和民主的發源地——國會議事堂大廈（Capitol）。這是世界上最壯麗的建築之一，畫棟雕梁，不是筆墨所能盡述的。

此一大廈基地有三英畝半，四周空地佔着五十九英畝弱。大廈所用的石頭，是採自馬薩諸塞的大理石和佛基尼亞的沙岩。它北部的基石，是在一七九三年九月由華盛頓總統隆重地舉行奠基典禮。主屋完成於一七九七年。全屋作長方形，長七十八丈，闊三十三丈。建築費用化去一千六百萬美金。這算是美京最大的屋宇。每晚電燈照耀得雪亮，更顯出華貴莊嚴的氣象。

國會議事堂的正門鑄有新大陸發現人哥倫布的銅像，左右兩邊塑的是和平神和戰神。中間的大門，是一對十噸重的銅門，於一八五八年在意大利設計，後來請德國人繆勒(Muller)鑄造的。門上面刻有哥倫布的事跡。正中的圓頂屋有三百另七呎高，外面漆着白色。頂上立着一座十九呎高的自由神像，俯瞰着全城。圓頂屋圓蓋的內部，畫有華盛頓獲得自由和勝利的圖。在底部，四周是哥林多式的列柱，共有三十六根。柱頂線盤的中部

（Frieze），周圍有三百呎，高有九呎，這上面裝飾着許多濃淡的壁畫，畫的都是哥倫布等名人的故事。在圓頂屋裏還陳列着華盛頓和林肯等八大名人的雕像。牆壁上還繪着簽署獨立宣言等的歷史畫。這簡直像一座藝術之宮，細看起來，不是一天可以欣賞得完的。

國會議事堂除了星期日和例假日外，是全天開放的。大理院和上下議院都在這座大廈裏。大理院僅有一間。室作長方形，可容一二百人。上議院在它的旁邊，佈置得非常精緻；下議院比上議院大，佈置也大致相仿。

國會議事堂好比是牡丹花，具有富麗堂皇的特點。有人說美國人的儉於白宮而豐於國會議事堂，爲重視立法機關的明證，這雖是一種臆測，但却含着至理。

國會圖書館

離開國會議事堂不遠，有一所化了十八億美元，在一八九七年造成的意大利式的建築物，就是著名的國會圖書館（Library of Congress）。這是全美規模最大，藏書最富的一個圖書館，共有藏書五百萬卷，其中有中國書數萬卷。據說世界各國的圖書館。除了中日兩

國之外，所藏漢文書數量最多的，就要算這個國會圖書館了。館中所藏除了書籍外，還有各種圖表、油畫、地圖、樂譜和無數手寫稿。

留美的中國學生裏，也間或有人到這裏來搜集材料的。管理漢文圖書的職員，是一位陝西籍的同胞。

國會圖書館的建築，在十九世紀末葉，公認是營造上的一件傑作。在他的底下有地道，逢到國會議事堂開會，議員們需要參考書的時候，只要通行地道，到了圖書館中，一索即得。

圖書館全屋是長方形的，長四百七十呎，闊三百四十呎。屋基佔地三英畝半。牆壁是用名貴的白色花崗石和白瓷磚砌成的。全屋三層，底層是總管理室和盲人閱覽室等等，第二層是議員閱覽室，期刊室和謄錄室，在中間的圓頂屋下面，就是大衆閱覽室。各室中最大的一間，稱爲中層聽(Central Stair Hall)。

走到中層廳去，先要經過一條小小的走廊，這條走廊裏陳設着八個女神的像，頭頂的天花板是用金葉裝飾的。遊客到了中層廳裏，無不驚歎它的精美偉大。廳裏的地板是用五

彩的大理石砌成的。中央是一塊光滑的黃銅，向着四面八方放射出一條條的光帶。周圍都是精光的意大利大理石，哥林多式的圓柱托住了笨重的穹窿。各種各樣的雕像，嵌細工的東西（Mosaic），浮雕和圖畫，佈滿在各個適當的地方。那些浮雕是馬蒂尼（Martiny）的製作。他在白色的大理石欄桿上雕出各種行業的人物。在扶柱上還有許多的美麗小天使。

一個遊客見了各間廳室的廣闊，圓頂屋的偉大，不免要驚異起來，以爲自己進了大人國啦。你瞧罷：圓頂屋的直徑有一百呎，各室的窗有三十二呎開闊，柱有四十呎高。各處苦心經營的灰泥細工，做成各種東西：拿着花環的安琪兒咧！鶴鹿咧！女人的臉咧……每件都做得活潑生動。在八根大柱上，裝飾着巨大的人物，象徵着宗教、科學、詩歌、法律、哲學、歷史和商業。在扶手上有幾個學術名人的青銅像。圓頂屋的環邊裏，是勃拉希裴特(E. H. H. Blashfied)繪的壁畫，描寫十二個時代的文明演進狀況。

國會圖書館像國會議事堂一樣，富含藝術的意味。我在倦遊的歸途中，回味着一切，好像剛吃過橄欖的樣子。

美國茶

上美國朋友家去做客人，並不是普遍地有享受吃茶的權利，這一點是中西習俗不同的地方，在中國，客來備茶，幾乎成了家喻戶曉的一種不成文的法律了，但在美國，他們所謂『茶』，另有一種解釋，是指『點心』而言。吃的時候，除了預備幾杯茶之外，特別每個人都要吃極簡單的幾色西點，慢慢地一口口的吃着飲着，這情景，眞與中國人邀請三朋四友的飲酒有些類似，至於美國人的喝酒，却眞是一大杯一大杯的喝，二三瓶啤酒，往往一傾而盡，不足爲奇，這裏用『喝』字來形容美國人的飲酒，在他們眞可以當之無愧。不過喝茶二字，未能與他們的實際動作相符，因爲美國人吃茶，需要『慢慢吞細細飲』，與中國人吃酒一樣的費事。

這眞是一個很有趣的對比：中國人喝茶，美國人飲茶；中國人飲酒，美國人喝酒。

美國有一種專供吃酒的所在，這就是酒吧（Bar）無論是開設的地點，開放的時間，都可與中國的茶館相提並論。美國的車站街道以及任何的娛樂場所，籠罩着特有寧靜而輕鬆

的氣氛，只有Bar是例外，他好像不甘寂寞，密佈在各大街小巷中，自清晨起至深夜十二時，出入的客人，絡繹於道，其中的角色包括男女老幼。乘着酒興，上至國家大事，下至米鹽瑣屑，無所不談，有時甚至吃醉了，縱酒高歌……，沒有吃醉的，決不會忘記爲他的女友付淸酒資，這似乎是他們應盡的義務。

Lady First的口號，在美國社會中，尤其是在酒吧中，仍佔有很重要的位置，一切風土人情，在這兒表現得最澈底，給海外旅行者一個良好的考察機會，正像中國的流風習俗，顯現於街坊間的茶館中一樣。假如你預備赴美考察的話，別忘記這兒是發掘海外珍聞的地方，這裏有無盡的寶藏。

只要化幾個小角子的代價，可以給你喝酒，供你休息，又有享受各式各樣珍聞的機會，眞是一舉三得，何樂而不爲呢！特別是遠寄海外的我，處在如此熱情而輕鬆的Bar中，不禁想起了祖國的茶館，懷戀中帶有一些怡悅，在萬里之外，竟也有機會領受類似祖國茶館中喝茶的情調。

所不同的，這兒喝的是酒而不是茶，可是它的方式，畢竟與喝茶太相像了，所以在

Bar中喝酒，我特地爲它題了一個別號，稱爲『喝美國茶』。

聯合國大會側影

愛好新奇，差不多是人類的天性，在去年的聯合國大會中，四五十國代表，會集一堂，眞是洋洋大觀，充分滿足了我好奇心的要求，因此把當時所見所聞，最感興趣的，分段錄在後面。

聯合國會址之爭

靜靜的成功湖，在紐約城外二十里的郊區，到聯合國大會的會場，一定要經過紐約最漂亮的大中央公園路(Grund Central Park High Way)這條公路的精緻雅潔，顯然是經過了二十世紀科學的洗禮。

去年開會時，正在秋天，氣候溫和，大自然也似乎在奉承聯合國代表，使他們在這麼好的天氣中，舉行第一次大會。聯合國的會址，未確定在成功湖畔以前，曾有過幾度的選擇和變遷。

聯合國會議，既決定在美國設置會場，使美國四十八州的人民，感到無上的榮幸。爲了獲得這榮幸，每一州人民都希望會場設在自己的土地上；問題因此發生了，大會並不需要四十八個會場，在供過於求的情況下，唯一的辦法，就是競爭，競爭的結果，紐約州和加利福尼亞州最佔優勢，兩方各有理由，不肯退讓。

紐約州人民的理由，是爲了紐約是美國文化中心，大會當然要在一個能夠代表全國性的都市中舉行，加州人民所持的理由，卻說這次大會中最重要的國家，都在東方，並且加州中的舊金山，是聯合國召開籌備會的所在地，飲水思源，籌備會與大會應在同一地點召開，況且舊金山風光明媚，四季如春。不僅如此，若從軍事上的位置來看，也是一個重要所在。美國參加第二次世界大戰，其動機發生於珍珠港之被襲，爲了監督珍珠港，奠定世界永久和平起見，世界和平的機構，設立在珍珠港，應毋庸議。

當時兩州的宣傳及爭論，確是非常劇烈，很像競選時期一樣熱烈的爭取着『投我一票』。其實會址的確定，只是聯合國工作的一小部分，甚至是無關緊要的一部分。後來擇定在成功湖，然而聯合國是否成功，畢竟是一個謎。

閃電式的翻譯

聯合國會場的門外，最令人注意的，就是一個圓形的旗架，四周插滿了各國的國旗，五色繽紛，煞是好看，飄揚在明亮的日光下，正像生辰蛋糕旁的小燭，一樣光輝耀眼，象徵着聯合國大會的前程無量。

第一次聯合國大會，在去年八月召開，當時我以來賓的資格，去參加盛會的，心中就覺得有一個困難問題，將要發生。從前我曾有過這樣的經驗，與一個言語不通的外省人，或外國人在一起的時候，各人藉以表情達意的口語，便會完全失去效用，現在這許多國家的人物，聚合在一起，語言隔閡，一定要造成會場中最大的麻煩。事實卻不然，歐美人利用縝密的頭腦和科學方法，一切困難，自可解除。

會場入口處，有特設的四個問訊處，各掛着一塊牌子，上寫『中國』『英國』『法國』『蘇聯』，譬如你只懂法語，可到掛着『法國』牌子的窗口去問訊，裏面的女職員，就會用很流利的法語，回答你的問題，對於其他各國當然也是如此。問訊處的那些年青女職員們，更有陪伴來賓參觀會場的義務，不過允許參觀的時期，每星期只有二三次，參觀者必

須在事先和他們接洽好，不然一定會敗興而歸。

初入會場，猶如劉姥姥進了大觀園，眼見的東西，沒有一樣不是新奇有趣，尤其是每個座位上，都裝有和電影院中「譯意風」一樣的聽筒，具有四個電紐，把聽筒套在耳朵上，立刻可以聽見在會各國代表的辯論。他們的語言雖不相同，但經過神妙的翻譯方法，傳到聽筒中，完全成了淸一色的英語、法語、中國話或蘇聯話了。我第一次在聽筒中聽見的是英語，爲好奇心所驅使，用手去撥動電紐，聽筒中立刻變成了法語，經過好幾次試驗，我知道這四個電紐，擔任着翻譯中英法蘇四國語言成爲一國語言的任務。我們中國人，只須撥動「中國」的那個電紐，聽筒中立刻可聽出各國代表的演詞和談話，已全用中文譯給你聽了。

譯成中國話，和各國代表說話的時間，相隔不過一二秒鐘，不僅是言語的意思完全相同，聲調的高低快慢，抑揚頓挫，都和原發言者一模一樣，這種閃電式的翻譯法，引起我極大的興趣。因此曾請人陪我到播音室去參觀，地點是在會場二樓，共分四間，每間專司一國語言翻譯，如第一間專把各國代表的話譯成英文，供英國人收聽，第二間專譯中文，

所以譯員必須精通中英蘇法四國言語，才能勝任，言語上的扞格，藉此獲得完滿的解決，這不能不算是一個新奇的方法。

此外，在大飯廳的四周，有各國紀念物及特產出售，也可說是一種新奇的點綴。中國的刺繡，在這兒大出風頭，生意奇佳。

郭代表儉約可風

美國新聞事業發達，當聯合國開會時，各報館發動了大批新聞記者，用高價收集珍聞，但因大會開會情形，各報均有記載，不能算是奇聞，爲了要標新立異，不得不另出冷門，從各代表的私人生活中去找題材。

其時曾有兩個很動人的笑話：

聯合國大會中，各代表乘坐的汽車太多，如何安置這些交通工具，不致妨礙秩序，浪費光陰，確是一件很傷腦筋的事，當事者曾化了許多時間，研究這個問題。

到大會來的汽車，距會場一哩路以外，卽有特派的管理員，指導你應該怎樣進入指定給代表或來賓的停車站，停車站中更以ＡＢＣＤ將各國汽車分類，如中國人的汽車，用Ｃ

字做符號，如果你是中國來賓，一進入來賓停車站，找C字汽車的編號，就能找到你的汽車，這件事，英美人做得相當純熟，所以赴任何約會，從來不會因找不到汽車而延誤時間。

有一次，紐約市長約各國代表到熊山(Bear Mountain)去遊覽，從赫德遜河(Hudson River)乘船可以直達，事前規定了出發的時間，在赫德遜河畔集合，我國代表郭泰祺因未有自備汽車，打電話催出差汽車到來，急急趕去，已經誤時，幸虧警察見是中國代表落了伍，急忙加以援助，備了巡邏汽船，開足馬力追去。第二日，美國報上，卽有這一段消息：認爲郭代表儉約可風。

美國的建築物，都是非常偉麗而且整齊，數十層的房屋，自底至頂，形式都極相似。因此，住旅館找房間，非經過一番訓練不行。有一次，某國代表回旅館去，無意中走錯了門號，闖進一個女客房間中去，很冤枉地受了那女客一頓責罵。在中國走錯房間，只要說一句道歉的話，就可完事，但歐美人却視爲沒有得到允許，隨意闖人別人的房間，是大大的失禮。喜歡記述零星瑣事，披露各代表笑話的美國記者，於是又把這事加以渲染，作爲

笑談。

倫敦地道車

美國人喜歡新奇，什麼東西都比保守成性的英國人來得漂亮，唯有地道電車是例外。倫敦的地道電車，密佈在大倫敦市的地底下，無論軌道的計劃，車站的建築，各線的銜接，都有驚人的表演，至於地道車站的淸潔美觀，和車輛的華美舒適，更是美國地道車所不及。倫敦是大英帝國的首都，英國人的君子作風，特別要在倫敦做成模範，加以倫敦的人口快到千萬，市民的主要交通工具。完全靠地道車，所以每一個旅客進入倫敦市，當局就會指導你向百老滙路五十五號 London Transport 公司，免費取得地道車的路線一覽表。你拿了這張表，可以通行無阻的到各處去遊歷，既經濟又便利！我爲好奇心所驅使，一到倫敦，就按照地道車的五條路線，全部乘坐完畢。反正票價十分便宜。經過這一次硬性的坐地道車笨方法之後，居然把倫敦東南西北的交通要道，完全弄明白，時間整整費了一天，化錢却不到一鎊。

倫敦的地道車，有一個全市一律的標準牌子，式樣和顏色，設計得十分美觀，一個深紅色圓圈中間，橫省一條黑牌襯托出 Under Ground 幾個白字。這一塊黑底白字牌，把深紅圓圈劃成兩半面，上半面寫 London ，下半面寫 Transport ，這一種地道電車的標準牌子，很明顯的裝置在地面上，告訴你地道車站就在這牌子的地下。這牌子上裝着霓紅燈，倫敦戰後為節省電費，任何地方，任何公司商號，一概不准裝置霓紅燈，唯有這塊地道車牌子的霓紅燈是例外。

倫敦的地道車分為五線，第一條路線最長，包括整個的大倫敦市區，叫做『大都會線』。這條路線的裏圈，都是最熱鬧的區域，很像從前上海的六路圓路。行駛圓線，沒有上行下行的分別。凡是在這條路線圈裏所經過的車站，從任何車站上車，都可以達到，這是初到倫敦的旅客，最容易認識的一條地道車路，我當然也如此，第一次就在這條路線上『團團轉』打了好幾個圈子，把每個車站的名字記清楚了。

記得當時，我曾向友人很誇張地說：『我已經會得獨自乘坐地道車了』。那位先生回答我道：『是不是你會乘圓路的地道車』？他進一步說：『這是鄉下人進城坐車的死辦法！

你要詳細知道如何乘坐倫敦地道車的方法及路線，至少要費一星期研究……』我才知道倫敦坐地道車的複雜，這條路線的外圈都是通至郊外的電車，和火車聯接，二三分鐘一班一班地連續開行，隨到隨乘，所以無須早些到站候車，也無所謂遲到，總之你一到地道車站，就有車子來接你！倫敦四方郊外與市內交通的聯絡，這條路線是最重要的主幹。

第二條路線叫做 Bakerloo Line，把市區的 Baker Street 做中點，東北至西南分成二路，一部份路線和大都會路線相同，都是到郊區的主要幹線。第三條路線叫 Piccadilly 線，Piccadilly 線，是倫敦最熱鬧中心點。這條線經過的地方，當然都是在市區部分，很熱鬧的區域。第四條路線叫 Central Line，從利佛浦街到伊林百老匯路，橫貫在市區的中央，而以牛津街爲中心。第五條路線叫 Northern Line，當然是偏於北方的路線。這五條路線用五種顏色分別，第一條用綠色，褐色代表 Bakerloo Line，藍色代表 Piccadilly Line，紅色是中央線，黑色是北方線。你一進地道車，就可以見到這種不同顏色的路線地圖，指示你乘坐各種路線的車輛。

地道車站的月台，在白石的牆壁上寫出車站的名字，在地底電車進入車站的一分鐘

前，牆壁上已經都有地道車標準牌子的記號，同時標出車站的名稱，等到車到月台，無線電擴音機中，已經在喊着車站的名稱，因為停車和開車，都在快速度中進行，不得不有耳聽眼看雙管齊下的辦法，這是給陌生旅客的一種便利。倫敦地道車不像紐約的地道車，採用投五分鎳幣的入口辦法，一律要買票乘車，地道車一天有幾百萬人乘車購票，各地道車站的購票，是一件極複雜的活動。

旅客到地道車站，除排隊購票之外，另有各種自動機器購票辦法，譬如你拿了五便士，要買一便士的票，你儘可把五便士投入一便士的票筒，牠會把一便士的票子，和四便士的零找，聽到鐘聲一響，都給你送在筒口。有了如此簡便迅速的購票辦法，但是還因為乘客擁擠，還常常排了長隊等候着。

這次大戰中，英國男女同在戰地服務，所以在普通的車廂裏，除了遇見了老弱有讓座的義務外，對於女子已與男子同等看待，為 Lady 而讓座已不常見，可是倫敦的君子作風，却在地道車裏，還可以看到。

華盛頓故居的佛能山

遊覽美京的人，如果不到佛能山(Mount Vernon)去一遊，是覺得很錯過機會的。佛能山離開華盛頓十五哩，屬於佛基尼亞省區內。從華盛頓到佛能山可以乘船或坐汽車去。

那一天，我坐了船，在波多馬克湖(Potomac Lake)裏開行，湖水清澄，兩岸景色很好。一向住在城市裏的人，到了這地方，別有一種耳目清靜、舒服、胸襟舒暢的感覺。我和同船的遊客談談笑笑，大約一小時候，就到了目的地。

踏上青翠的佛能山，走到美國國父華盛頓的故居前，買了門票，由招待員領導，走進屋子去。招待員好像是一位考古家或歷史家，對於每件東西都有詳細的說明，尤其關於華盛頓的事跡，知道得非常詳盡，並且談吐不俗，對人很有禮貌，遊客有所詢問，無不詳細解答，毫無厭惡的態度，所以極能引起遊客的好感。

屋裏的陳設，都保存着華氏生時的故態。足見美國人對於偉人的尊崇了。

據說華盛頓故居的主屋，是在一七四三年由乃兄經手建造的。一七五九年春季，華盛

頓娶了一位年輕的富孀葛斯蒂絲(Martha Custis)爲妻，就在這所屋子裏度着甜蜜的新婚生活。華盛頓住下後不久，把屋子擴充起來，加建了一層樓房和幾間附屋，並且將全屋粉刷了一下。他們夫婦兩人在這山明水秀的地方，一直住了十五年，日子過得很消閒。直到一七七五年，華氏離開了那裏，到波斯頓去充任革命軍首領，爲民主與自由奮鬬。他在外六年，奔走各地，沒有回鄉的機會。第七年上，他因公經過故里，纔回到佛能山與家人一敘。

美國革命成功，華盛頓被舉爲大總統，他先後任職了八年，於一七九七年卸任，又到鄉下去隱居，在家讀書，研究政治和文學。隔了二年，在一個寒冷的殘冬。這一位劃時代的偉人離別了人世。再過三年，他的愛妻也接着逝世了。他們死後，這所屋子就遺給族人。族人不大注意這所造在冷落地方的房產，從此廢棄不用，也不好好的修理，弄得漸漸破落起來。直到一八六〇年，有一個名叫坎寧芳(Ann Pamela Cuningham)的見到保存古蹟的重要，集資二十萬美金，購下這所歷史性的古屋，僱匠修葺了一番，並且很努力地訪問父老，搜集史乘，把屋內的傢具，一件一件照着華盛頓生時的樣子陳設起來；任人瞻

仰。

這座古屋是長方形的，面對着波多馬克湖，屋旁有花園和草地，佈置得又古雅又幽美。在古屋的北部，有一所宴會廳，廳裏的大幔是由法國藝術家設計裝飾，花紋之精巧，無可形容，廳裏的壁爐，用大理石做邊飾，也配合得很好看。最能吸引遊客注意的，是法王路易十六贈給華盛頓的一床地毯，地毯是五彩的，上面織着極細緻極複雜的景物。此外還有比勒(Peale)與司榜維脫(Stewart)兩氏所繪的華盛頓像，畫得栩栩如生。屋裏有一間廣闊的廳堂，牆上有著色的嵌線，懸着行獵時所用的號角和四把指揮刀。我看了這些東西，在腦海中立刻浮現出華盛頓很威武地騎在馬上，帶着號角和武器，背後跟着幾個隨從，在曠野裏奔馳，追逐禽獸的一幕。在樓上，華盛頓的臥室裏，放着他臨終的臥榻，和乃母坐的搖椅；一切陳設，完全和他生前一樣。

華盛頓生時，收藏許多書籍，可是在他死後，散失了不少，現在祇存不多幾卷，還保存在他的書房裏。他生時所坐的椅子和寫字檯也陳列在那裏。

名垂萬古的華氏，素尚儉樸，所以他的居室佈置得並不富麗，簡直看不出是一位元首

的居處，這是值得我們敬仰的。

走出古屋，就是一塊廣大的草地。在草地的南面，築着華氏的坟墓。坟前古樹參天，常春藤爬繞在各處。在那高偉的碑旁，葬着這位善始善終的大人物。遊客們站在墓前，默默地脫帽鞠躬。

從墓地出來，我走到附近的一個小亭子裏，那裏放着一具自動的售貨機。我照着機上的說明，投下硬幣去，轉瞬間，就送出我所要的紀念明信片。我一連購了好幾張，就在旁邊寫上幾個友好的地址，發給他們，作爲紀念。那裏還有關於華盛頓的書籍和各種美麗的畫片可以買到，我也選購了一些。美國人對於偉人的崇敬和保存古蹟，可以說是無微不至的。

我以崇敬的心情，憑吊了這個古蹟。

時候已近黃昏了，我就坐了汽車回到熱鬧的京城裏。在短促的歸途中，我作着種種遐想。

美國人的特殊作風

到新大陸後，從各層社會裏所聽到所看到的，和國內情形一比，簡直大不相同，總之，是自有一種特殊的格式，我就給牠來一個名字，稱爲『美式』。用英文講是American Style，也可叫做『美國作風』。

這裏描寫的美式，不從政治、經濟、文化等大問題開頭，而要先從『女性』說起，我可以武斷地講一句，美國人都是根本崇拜女性的，很有些像紅樓夢裏的賈寶玉脾氣，十分愛護女性。無論任何場合裏，有了女性，就圓滿了，一切活動，好像都是爲了女人創造的。走進美國社會，看到女人的勢力和權威，可說完全是由於美國男性甘心馴服所造成的。拜倒石榴裙下的那種描寫，在美國男性看來，幾乎認爲天經地義，自然的法律。

好萊塢的女明星和紐約百老匯路時報廣場一段夜總會(Night Club)裏的女歌后，她們窮奢極侈，享盡人間樂事，當然不必說。就是各大公司的女店員，各機關的女書記，以及大學裏的女學生，都能演出『唯我獨尊』的氣概，自然也有她們所征服的男性，隨時隨地

在導演或養成一般目中無男的美式女性。

美國有一個字叫 serve，意思是服務，好像專爲侍候女人創造的名詞。男女交際，男性就要牢記『服務』的偉大，否則就一輩子交不到女朋友。在美國女性可以指揮男性做各式各樣的服務，男性也以爲越多越好，以博得女性的稱心滿意。在男女交際場中，如果女的說出我很滿意一句話，在男性心理上，便認爲無上快樂，無上榮幸。美國歷史上有好多大文豪、運動家、名演說家，都由於女性獎勵成功，眞是不勝枚舉。我們一看美國電影裏男性受女性鼓勵的戲劇，就是一種有力的鐵證。這次大戰，美國少爺在世界各戰場作戰，全美國鼓起勞軍運動，把歌后影星以及交際場中的美國小姐，用飛機送到各戰場去慰勞將士們，這是一個最聰明最有效的勞軍節目。當時各戰場中的『頂好』勇士，在無線電裏聽到了這個消息，面部上都露出一種會心的微笑。

美國小姐到了相當年齡，和男性交際，絕對自由，星期六星期日，女兒在家沒有男朋友來拜訪，或出去遊玩，在她自己覺得是最難爲情的一件事，父母的心理上，也認爲不很體面。要是女兒在週末或是星期日，男朋友來約她出遊的人愈多，便益覺得光榮。這眞是

『美式小姐』莫名其妙的交際。

在美國人日常的談吐裏，往往脫不了興趣(Interesting)這個詞兒。原來美國人的生活都以興趣爲中心。一旦缺少了興趣，簡直會發生不要活的心理，等於重視『不自由，毋寧死』一樣。美國人既然如此重視興趣，所以個個人充滿着天眞活潑的氣象，不像中國人那樣老成持重。和美國人談話常常可以聽到興趣這個字，彷彿是他們的口頭禪或應酬話，好像中國人相見時，總得先問一句『飯吃過了沒有？』由此可以見到中國人的生活着重於吃飯，美國人的生活着重於興趣。

有一次我在一個美國人家吃飯，主婦一定要我講遊美觀感，她說『It's Interesting.』我就微笑着回答她：『在你們的談話裏，興趣很多，我也聽得很多了。現在要我來談興趣的事，好比小巫見大巫，你們反會不感興趣了。原因很簡單，這個興趣實在不確實，不誠懇，完全是應酬敷衍話，那裏會引起人家的興趣呢！』那位主婦也點頭稱是！

美國人無論開會、治事、研究以及辦公，無不含着濃厚的興趣，這樣子做事自然提得起精神，精神好，效率也會高了。

美國人無論男女老幼辦了一天公，至少要有一次興趣的遊戲，或是吃喝。所以一到他們散班之後，家裏就坐不定，大家到公園、啤酒店、電影院、音樂會等地方去尋興趣的快樂，有些不到這些地方去的人呢，至少要駕駛了自已的車子，上城下城的兜風，或者停在郊外，望望野景，聽聽鳥鳴，也算找到了他們底生活要素——興趣。

他們為了獲得興趣，耗費汽油和時間，完全不放在心上。

你只要看美國人談話時的姿態，頭一扭、肩膀一聳、眼睛和鼻子都在活動，來助長他的神氣，他們為什麼要這樣的費力來講話呢？原來也是為了增加聽者的興趣啊！

美國人在交際上有與中國最不相同的一點，是招待客人，要表揚自已的好處。自已的優點，當然要儘量說出來，就是不十分愜意的東西，只要是他自已所有，也要特別裝腔作勢，描寫其好處。在美國人家裏作客，主人必然殷勤招待你看東看西，房子的建築，如何設計優美，一切設備，如何精緻舒服，甚至一塊草地，一條地氈，一架鋼琴，都要向客人稱道。吃飯的時候，更會特別稱讚他自已的酒菜怎樣好，這種招待客人的情形會使初到新大陸的謙謙君子——中國人——弄得莫名其妙。其實美國人有一個極簡單的原則，就是

屬於主人一切的一切，都希望各人說一聲有趣，或滿意，在他們爽直的心理中，認爲我用最好的東西來招待客人，客人一定會滿意而發生興趣了。換了中國人在家裏請客，那種自謙的作風，如對於自己的設備和酒菜，避免用『好』字，甚至說出種種謙詞，在美國人也一定會弄不清楚，反覺得這主人是有失敬意了。

『世界第一』，是美國人的普遍心理，這種現象，隨時隨地可以見到，各種工商業廣告，稱讚美國自己的出品，當然說『世界第一』。紐約市是『世界第一』繁華的海口，恩派亞帝國大廈有一百零四層，當然也是世界最高的建築物。我在美國和美國朋友談話，時時可以發現『世界第一』的口頭禪。最可笑的，是在旅行指南上，指出舊金山的中國城（China Town）是『世界第一』的中國城。其實舊金山的『中國城』，不過有了中國宮殿式的建築，和中國僑民，中國接線生等等而已，當然比不上我們中國的『中國城』。還有『世界第一』的中國式炒麵，也是紐約一家中菜館裏標出的招貼，我去坐了一次，可說完全沒有中國味道。

美國少爺小姐的奢侈，是世界聞名的，可是他們在經濟上的畫清界限，毫不通融，却

也使人驚異，夫婦經濟，各自獨立，已是司空見慣，子女成婚之後，兒媳要是仍舊租住父母的房屋，要按月付房錢，朋友有通財之誼，然而美國朋友是例外。好在美國保險銀行和撫幼養老等公共安全制度，辦得甚有成績，所以各人的生活，相當安全。只要有職業，無需東挪西借，最熟識甚知己的朋友，在飯館裏碰到了，同桌吃飯，一邊吃，一邊講，末了各付自己的賬。機關或是學校裏的同事，常常有會餐，商談公事，好在他們是分食制，儘管爲了公事會餐可是公事談畢，末了仍各付各賬，除非事先說明發請帖，從來沒有人會鈔的。

有一次我在紐約考試駕駛汽車，以期取得駕車執照，爲了避免臨時倉促，事前先向美國朋友借了一輛汽車來練習。這位朋友，我相當熟悉，他當然很願意幫我的忙，可是他說：『所耗汽油，要你賠還』。我曉得美國人的脾氣，馬上說：『當然照辦』。

等到我練習過後，照油表上所耗的汽油量，賠還他的汽油費，他收了我的鈔票，再仔細去查看油表，我更明白美國少爺自有這種錙銖必較的脾氣，不等他問我，我就對他說，『是不是我所付的汽油費還不夠？』他說是，我又問相差多少，他很快的說：『似乎還要

給我一角五分』。

你想朋友臨時借車，要付油費，在中國簡直不成為交友之道，何況這小數一角五分，還要核算清楚，豈非笑話。但在美國，像這樣的情形，却認為是極平常的，也極正當的，我眞佩服他們的坦白認眞。

富麗的鹽湖城

我國江蘇省的鹽城，並不以產鹽著名。美國于泰省(Utah)裏有一個鹽湖城 (Salt Lake City)，倒是名符其實的產鹽之地。同時在文化上講，在于泰省裏，鹽湖城也處於領導的地位。鹽湖城是于泰省的大城市，佔據着一塊很大的面積，城的東首，有淮沙豈山(Wasatch Mountains)，西面和西北面就是產鹽的大鹽湖(Great Salt Lake)。鹽湖過去，是亞桂爾山(Oquirrh Mountains)。

在數世紀前，鹽湖本來是一個清水湖，它的面積，要比現在大十倍，差不多佔去于泰省西北部的四分之一。那時鹽湖最深的地方有一千呎，靠近城的一邊，祇有九百呎深，後

來因爲氣候變化和冰流轉向之故，鹽湖裏的水漸漸減少，成爲現在那樣大小，並且在湖底留着大量的鹽質，竟有六百萬噸之多，眞是一個不易開盡的富源。

現在的大鹽湖有三十五哩闊，七十五哩長，深度祇剩二十呎至五十呎，鹽的成份，視地段而異，有些地方含着百分之二十八，有些地方祇有百分之十五。但隨便那一處的湖水，密度都大得驚人，湖水足以托住人體，不會沉下去。不過鹽湖裏的水，是會刺痛眼睛、鼻孔和咽喉的，所以不宜在湖水裏多逗留，否則這是最好練習游泳的地方。

在鹽湖裏有許多小島嶼，上面棲息着各種禽獸。其中一個最大的名叫安蒂洛普（Antelope），島上有野牛等動物；還有一個較大的叫弗呂蒙島（Fremont Island），在一八四二年弗呂蒙船長和他的船員曾經到過，現在這島上闢爲大牧場，養着許多羊羣，一望無際的綠草地上，映襯着雪白的羊羣，好看極了。到了這種地方，可以忘卻塵世間一切俗事，希望自己也來充名牧羊人，在這清靜綺麗的地方，度着幽閒的歲月。

鹽湖裏有一條長堤，堤上以及湖四周的鹽灘，每年蒸製大量的鹽，裝運到各地去銷售，鹽湖城的富裕，大部份是鹽造成的。

鹽湖城是摩門教(Mormon)徒的居處。在一八四七年七月二十四日，摩門教第一批教徒，共一百四十八人，由勃呂方楊(Bricham Young)領導，踏入這鹽湖旁的盆地，在城裏住下來。這一隊移民，歷盡種種艱難，跋涉了一千多哩，才達到這地方，眞是歷史上從來未有過的壯舉。摩門教在九十五年之內，有了驚人的發展，信徒之衆，超過百萬名。

鹽湖城是一個極有趣的地方，那裏的建築很美觀，街道的坦闊，勝過美國任何城市，在街道交叉地方，作正角形，路旁種着樹，在樹陰下散散步，望望蔚藍的天色，是一件很愉快的事。

鹽湖城自從摩門教徒移入後，刻意經營，把于泰省極西部的不毛之地，慢慢地繁殖起來，纔成了許多可耕的農田。

城裏的猶太人禮神堂(Tabernacle)，是世界聞名的。堂廣可容一萬三千人，圓頂造得偉大極了。城裏的殷富，足以表示摩門教主商業才幹的老練，遠勝於傳道。

鹽湖城的地勢，拔海四千二百呎以上，附近風景美麗，假使騎着馬或者坐着汽車，在城外慢慢地開行，望着旁邊的花崗石壁，和那些特殊的野花野草，吸一點清鮮的空氣，也

就別饒佳趣。

在鹽湖城的附近，還有很富的礦藏，金、銀、銅、鉛、鐵、煤等都有，怪不得鹽湖城會那樣的富庶。

從紐約到美京

在紐約很容易使人聯想到東方的巴黎——上海，這不是沒有原因的。美國的商業中心紐約市，處處顯出類似上海的繁華，而又過之。由紐約往西，無論乘火車、汽車、飛機，都可直達華盛頓，正像上海到南京一樣，其間的距離，要比京滬間長一半，但是完美的交通工具，創造了縮地的方法，使那些遠隔異地的親戚朋友，以及戀人們，減少了地遠人遙之嘆。

由紐約到華盛頓，有三種交通路線，最迅速的當然是空運，航行在紐約上空的飛機，正如春光明媚時節，中國鄉野的紙鳶一樣，隨處可見。若問這些紙鳶的牽線處，便是離紐約城十哩的(La Gurr Dia)機場，那就是一個紐約市民用最大的飛機場，平均每五分鐘有

一隻飛機升降，載送着那些具有旅行熱的人們。

如果你不慣於坐飛機，而希望有一個舒適而安逸的旅程，可以去坐火車，那裏最有名的火車公司是 Pennsylvania 和 New York Central 兩公司，每半小時來往一班，所以乘客雖多，絕對沒有擁擠之苦，下午十一時後，更有一種臥車設備，具有舒適柔軟的床鋪，和家庭及旅館中相彷彿，明窗淨几，色調和諧，眞有賓至如歸之樂。

平時，乘飛機幾十分鐘可達華盛頓，乘火車需四小時，若改乘公共汽車，或自備汽車，非五六小時不可。不過在具有『旅行飢渴』的美國人看來，在旅途中多流連三四小時是無比的樂事。在這兒他們絕對不會感到光陰的浪費，而在工作的時期中，却可以在途中發現他視若無覩的直向前走，如搶救水火一般的急，一分一秒都不肯虛度，也許在中國人的眼光中，這是他的畸形作風，失去優閒的意義。實在他們知道能利用光陰，堅守着工作時工作娛樂時娛樂的信條。

一九四六年六月二十一日，我從紐約的上城(Up Town)一一六街出發，作紐約至華盛頓二百三十二哩的旅行，事先曾約幾個外國朋友，駕着自備汽車同去。到了那天，他們因

爲有別事，以致失約，於是我唯一的伴侶，只剩了汽車中的一架小收音機，陪伴我在紐約道上，開始作一個寂靜的旅行者。

那時正當初夏，綠肥紅瘦的時候，綠葉成蔭，處處有一種蓬勃的氣象。薰風不但吹濃了樹葉，並且吹起了美國人的旅行熱，也正是蓬勃的時候了。公路沿途的每一個公共汽車站上，有三明治、糕點、冰水冷飲、糖果等出售，專供旅客們應用，我憑窗望着那些結伴遊行的不少男女老幼，熙來攘往，沖淡了不少旅途的寂寞。

美國人視旅行，好像中國家庭中的打牌，同爲一種普通的娛樂，平均每星期要旅行一次，這種習慣的養成，與他們的物質條件，有極大的關係。美國交通工具發達，設備完美，是以鼓起他們旅行的興趣，更何況有一種專門爲旅客而設立的全美汽車協會，又稱汽車俱樂部。因它的英文名字是 American Automobile Association，簡稱爲『A. A. A.』，寫的時候，三個A字並列在一起，中間一個比較大些，他們做了這種符號裝在車子上，就證明這是汽車協會會員的車子。現在上海有幾輛從美國帶來的汽車，也有這一個賽銀的符號。

在美國，你如果要學習駕駛汽車，可以入該會，做他們的會員，做會員的唯一條件，必須有自備汽車，好在美國人的汽車，較中國的自行車還要平民化，一般人不必憂慮沒有入會的資格。全國四十八州，他們都派好招待，專為會員服務，只要你拿出會員證，A.A.A.的招待所會替你在途中照料一切，如代定汽車票或飛機票等。

因為美國公路太多，紐約和華盛頓之間，尤其像珠網一樣的佈着，初來的人猶如入了八卦陣，莫知所從，每一條公路旁，有圓形或盾形的路牌，盾形的代表國道，圓形的代表省道，路名都以1234和ABCD排列，在這些錯綜複雜的公路中，A.A.A.公司中的職員們，擔任着為旅客揀選距離最短而風景最優美的路線的責任，當時我也的確受到不少的幫助。他們專為旅客們印好一種路線圖，用紅色的箭頭指示你前進的方向，用綠線指出你要經過的路線，沿途所經過的都市，有一個簡單的說明，使旅行者一目了然，真是一本完美的旅行指導，直到現在，我還好好的保藏着。

在9A公路上，沿着赫德遜河進行，遙遙望見華盛頓橋，矗立在波光蕩漾的赫德遜河上，河水映着橋影，也映着白雲，飄忽無定。在我的感覺中，山使人靜，水使人動，而白

雲與流水併在一起，最足啓發人的思潮，我想起一七七六年前的白雲，同樣在這兒飄浮，怎能夢想到荒涼的新大陸，在一百多年間，完全改了另一個面目，『成事在人』，我更確定了這樣的一個信念。

不久我的汽車已到達赫德遜河底隧道口，從紐約過赫德遜河的隧道，計有二條，一是 Holland Tunnel，一是 Lincoln Tunnel，約有二哩長，我鑽入 Lincoln Tunnel，好像進戲院一樣，必須化五角美金的買路錢，才能進去。裏面燈光洞明，汽車經過，絕無顛簸，不知不覺我已像遊魚一樣從河底鑽出，走出洞來，就是 New Jersey 州的領域了。該州招待旅行者十分客氣，客人首次入境，便把我們的人和車抬到半天高，便剛從地穴裏出來的旅客，立即升入天堂，原來那兒有一座大橋，(Sky Way)架在半空，專供行駛汽車，從高處眺望，可以看見 Newark 市的工廠林立，四郊綠蔭如煙，亦足以遊目騁懷。

有一種美，藏在那些天然與人的景物之間，三分面貌，七分裝飾，美國的都市給予人的印象，常是一種整齊偉大的美感。

過了 Sky Way ，我的汽車緩緩行駛在『一』號國道上，由此本來可以直達華盛頓，

但是經過 New Brunswick 以後，爲了避免走繁華的 New Jersey 州都城 Trenton 就改行『一三〇』國道。

New Brunswick 是一個文化城，New Jersey 女子大學及其餘二個著名學府，都設在這裏。但是從歷史的觀點看，其價值當然比不上費城 (Philadphia)，沒有一個旅客會錯過機會，而不往訪歷史上勝地的。

費城是美國獨立紀念地，現在的獨立廳，就是當日會議的地方，保藏着許多古蹟。華盛頓的銅像，兀立在獨立廳前，他那沉默而深邃的目光中，隱藏着獨立革命的歷史，多少成功與失敗，多少英雄與先覺，隨着流光被埋掩了，然而埋掩不掉的是人們內心的崇敬。而今舊市廳中，掛着參加獨立革命人物的油畫像，自由鐘，華盛頓的坐椅，都被好好的保存着，正像人民的心中，保存着對於開國元勳們的尊敬一樣。

在二百三十一哩的旅程中，整潔的街道和雄偉的建築物，到處可見。離開費城，沿 Darware 河岸駛去，風景優美，陽光映照，晶瑩奪目，成爲旅途中最能引人入勝的佳境。我獨自觀賞了一會，車已到了渡口，預備過河，河面既無橋樑，河底又乏隧道，這似

乎是 Darwure 河的缺點。也正是它的特點，這兒我看見兩岸間，不時有一種渡船，頻頻來去。這兒所謂渡船，並不像上海黃浦江面的手划擺渡船，平均每隻船能載二十輛汽車和車中大批的旅客，船裏有指揮的人，船到碼頭，他們就指揮乘客，領取自己的車輛，從出口道登陸，然後再讓進口道上的旅客，魚貫入船。因爲碼頭是活動的，隨水漲落，所以它的高低，永遠與船面相齊，下船或上岸，都十分便利。當汽車由入口道駛進去時，恍如進了停車場，誰知此身已在粼粼碧波上呢。

渡船共分三層，下面一層是停放汽車和卡車的地方，我放好汽車，便上二樓去休息。美國人眞是一個善於利用光陰的民族，即使在這短短的十五分鐘擺渡時間，也不願虛度光陰，二樓有起坐室、餐廳、酒排，等候着你去恣意消受。畫片紀念物等，琳瑯滿目，也足夠遊目騁懷，不會感到一點兒寂寞。

這十五分鐘河上旅行的代價，是汽車費五角錢，如果在司機外加上旅客，只須每個人增五分錢。我因是自己駕駛汽車，只化了五角錢，飽覽霞光水色，賺得一種輕妙明靜的感覺。

汽車開駛在由 Wilmington 至 Baltimore 的雙線公路上，公路並列的有四條，包括來去各兩條，兩條中有一條稱爲『超越線』，汽車一連串的在公路上行走，你如果嫌速度不夠，就可駛在超越線上，加足速率，直奔前程，車行不久，美國的國外貿易中心Baltimore，便出現在眼前。

Baltimore 在公元一七二九年開始建築，到現在發展成一個工業化的城市，養育着百萬左右的人民，並使他們都受優良的教育，以適合工業都市的需要。無可否認 Baltimore 的一切設施，具備着紐約市的繁榮，所以加上個『小紐約』的雅號，並不算過譽。這兒有霍普金（John Hopkins）大學，華麗的娛樂場所，太陽報以言論客觀著名，銷路極廣，在美國的新聞界上，很佔一席地位。

衡量一件事物的價值，往往視其對於人類的貢獻而定，一張著名的報紙，往往是人民的喉舌，同樣一個著名的學校，也不僅是求外表上的富麗堂皇，徒供點綴而已。

霍普金大學襯託着『小紐約』的市容，又爲『小紐約』市造成了無數幹練人才，學校教育，配合了社會上的實際生活，使那些出了學校大門的學生，能盡量展其所長，大學教

育，完全避免造就高等遊民的弊病。

教育的功能，在美國表現得十分顯著，Laurel 與 Maryland大學內的農業專科學校，是個很好的例證。

他們設置一種農業試驗及推廣工作，專門研究怎樣改良種子，並且教育農夫，實地試驗，負起管教養衞的責任。這種工作，對於農村，裨益很大，美國農業所以發達，他們的功績，是不可忽視的。回顧我國，農村中儘管高呼着『改良農業』，『增加生產』，大學生們雖然也研究改良種子的理論，然而農村依舊破產，生產仍是落伍，最大的原因，還是理論與實踐脫節，靑年學子，只知在書本中研究改良，實在是『緣木求魚』，永不可得，看了別人的突飛猛進，能不惕然？

在農場裏實習的那些垢面汚手的靑年，你也許不會相信他們是大學生吧？然而當他們工作完畢，甚至是赴宴的時候，那種整潔的儀容，就完全兩樣了，骯髒的工作，並不減低他們的身份，美國人相信，在任何場合，能做適宜的工作，是最有意義的人生。譬如赴宴時，像一個高貴的紳士，遊戲時像個活潑的小孩，工作時大學生不妨像工匠一樣的裝飾，

一樣的工作，決沒有什麼可恥，我覺得這種信念，在中國很有提倡的必要。

經過 Bladensburg，見有兵士駐紮着，不禁使我想起了這個古代的碉堡，以及一八一四年，美國獨立戰爭時，英國人曾在此處打了勝仗，長驅直入華盛頓的情形，而今一切都隨着年光遠去了，留着這一些駐兵，說明了 Bladensburg 與華盛頓是唇齒相關的。

這時候有一個美國人來搭車，就和他談着華盛頓的近況，於是戰爭的情況，與彼德堡(Bladensburg)同時遺留在公路後面了。況且在這靜穆和平的都市中，非不得已難得有幾次戰爭，我不忍以戰爭的印象來破壞我心中的和平，就此拋開也罷，且看華盛頓道上，車水馬龍，不完全是一片昇平氣象麼？

當時我住在 Balligh 旅館裏，這是一個大規模的旅館，共有四百個房間，每間裝有電話，其中二百五十間，有冷氣設備，取費較昂，每日四元美金，旅館裏且有圖書館、舞廳等，足夠消磨一整天。

門臨西北十二街，是全市熱鬧中心，適當國會議事堂和白宮的中間，寬廣的街道上，行駛着流線型的車輛，車輪摩擦地面，發出輕微的『絲絲』聲，彷彿不忍把靜寂的空氣擾

動似的。街旁的建築物，最多二十層左右，不像紐約那條高插雲霄，居民也比紐約溫柔有禮，具有英倫的君子作風，這一切都會喚起我在倫敦時的回憶。

華盛頓的交通工具，主要的當然是電車和公共汽車，電車唯一的特徵，只有一條軌道，美國人無論做什麼事，都講究經濟，並求有效，在這個原則下，電車上面的電線，便被『經濟』掉了，行駛時惱人的『隆隆』聲，也被『經濟』掉了，車輪改用硬橡皮製造，你或許會奇怪這樣的公共汽車型的電車，怎麼能夠開駛，這可以告訴你，沒有電線的電車，發電處便在軌道中，與車內發電機連絡，功用和電線一樣。

上海的電車分等級，在美國，這種界限，完全消除，竟是一律平等。無論你坐黑色、藍色電車的任何一節，又無論坐多少路，票價一律是五分，這可以減少傳票者的麻煩，其實他們是沒有傳票員的，即使有，也只能算半個，還有半個依然是司機。司機一面開車，一面傳票，是電車上唯一的服務者。

乘客上車，只須把五分錢投在自動的賣票櫃裏，開車者就放你進去，如果你要轉車，祇要同他講明一聲『轉車』，他會給你一張轉車票子，帶到另外一輛電車上，仍可應用，

不必再費買票的手續，不過車票使用的時間有限定，過了時間，車票便作廢，好像我們買的電影院門票一樣隔場作廢。

公共汽車中，甚至不要買票，你一上車，把一角錢投在自動售票櫃中，『噹』的一聲，便算盡了買票的義務，而獲得了乘車的權利。沒有證據，無須查票，只是『噹』的一聲，剎那間便會在空氣中消逝，但是美國人並不因爲沒有證據而失却個人的信用的，一紙車票所代表的意義，遠不如他們榮譽的信念來得深長，——在美國，出車錢而無須用車票證明，認爲一種榮譽，——這完全是教育力量，如果換了教育程度低落的國家，此類經濟辦法，便要行不通了。

各大都市中，有該地的風景畫片等出售，含有紀念的意味，式樣與明信片類似，寄給親戚及朋友們，既經濟而又便利。此外更有一種特製的卡片，印上了許多日常生活中所必遇的事項，你只須揀一項和你現在生活適合的做個記號，如天氣一項，後面寫着㈠好(Fine)㈡熱(Hot)㈢冷(Cool)如果現在天氣冷，在冷字後面做個『·』號，用來寄給朋友們，它的性質，就不僅是紀念而已了。一舉而兩得，省事省時，也是美國人的一種經濟

辦法。

每當櫻花盛放的季節，落日和紅花，交相輝映，曾把華盛頓的忙人，騙了去欣賞街頭的『十丈軟紅』，但我沒有被騙過，偶而在路旁經過，花瓣掉落在我的脚下，却始終引不起一分好感，原因也許複雜得很。

美國不產櫻花，櫻花移植到美國，還是第一次世界大戰以前的事。日本爲結好美國，聯絡感情起見，就把大批「國花」——櫻花——的種子，移植到新大陸來。那時美國人把櫻花種子，完全投入海中，第二次日本人又來，才允許施行檢査，等到第三次才開始栽種。

直到現在，櫻花依舊在春風中盛開，然而自美日開戰，以迄第二次世界大戰結束以來，這情景看在眼中，便有些觸目。

櫻花的開期，不過像曇花一現，瞬息卽逝，遠不如中國的國花——梅花——來得淸遠芬芳，若將櫻花比作趨炎附勢的俗客，梅花該是正直的君子，兩種花代表兩國不同的民族性。在中美攜手的今日，華盛頓道上，似乎種植梅花，更爲適宜。

我把這個意思說給外國朋友聽，他們也十分同意我的主張，認爲種植梅花，在中美兩國的交誼上，是很有重大意義的。美國人不知道有梅花，正像四十八州人民不會了解中國一樣，現在我們把梅花移植到美國去，使他們知道梅花，同時了解中國是具有梅花一樣氣質的國族，外交當局，似乎可以注意到這一點。

江南景色的英國大學城

我一到英倫，就想去參觀聞名世界的大學城——牛津大學和劍橋大學。這種急切的情緒，彷彿像酒漢脖子深下了山，別的都沒見到，遠遠地早已望着「酒」字旗高掛的村莊，一樣地有興趣，有精神。何況正是中秋時期，我們選定這中國獨有的富有詩意的佳節，去遊名城；不能說是沒計劃的遊歷。我記得在一九四五年秋天的一個晚上，我們旅寓在倫敦一家公寓裏的幾位黃臉外賓，發現了，證實了後天就是中秋佳節。W兄提議，爲什麼不到江南景色的劍橋去玩一次呢？於是馬上電話通知幾位同來的遊伴，約定明天乘上午第一班火車配定頓（Poddinton）地道車站集合，我們一行五人，曉師年齡最高，在旅途中詩興勃發與瑞兄唱和甚樂，承緒兄客英倫多年，當然是最合格的嚮導，臨時要我做會計，我就提議「不記帳的會計」的辦法，就是先請各位遊伴預付若干英鎊，我把它集中在一只鈔袋裏，算是「公用錢袋」，以後旅途一切開支，都在公用錢袋內取用，我每天晚上，把公用錢袋所有的錢檢點一下，發現不足，隨時請各位遊伴補充，每天如此連續下去，直到旅行

完畢為止，再掏出公用錢袋裏剩下來的錢，平均發還。他們說我旅行不忘訓練，這是集團生活中的「信用」，相當 Smart。其實我怕瑣屑記賬，也可說是貪懶。

牛津大學在太晤士河上遊的牛津市。有大學獨立學院三十餘個，每學院均有獨立之組織，各有教室，宿舍，及偉大之教堂。我們去參觀那天，正是星期日，所以全市充滿了教堂的鐘聲。各學院均有學院私路至牛津河。河邊都有小碼頭以供掉艇，而綠楊垂柳，風景之佳一如我國之西子湖濱。劍橋大學，有獨立學院二十餘，分佈於劍橋市，市橫跨在劍河的上面，所有橋樑與校舍，都是古色古香，各學院也都有通至劍河小碼頭的院路，被綠油地草地擁抱着，不獨做了學生唯一的天然運動場，實在是學術研究必要的自然環境，至於風景之秀麗，嫵媚，和牛津大學沒有分別，正可以互相輝映！

在倫敦很少見楊柳在小橋流水中飄蕩着，唯有牛津劍橋二個大學區的草地上，無數的垂楊，與一條細長的河流，深深地懷抱了一片油綠的草地，形成了男女青年藏修息遊的理想環境。我們參觀了二大學的研究院，知道他們不採用美國的學分制，注重人格陶冶，先生的指導與學生的學習，都在個別的接觸與談話中進行。學生開始一種學術研究，經常在

各位教授的談話中陸續計劃，逐步改進。因此學生的個性和人格，都給教授洞燭無遺，如何推進學生的研究一問題，必須在人格陶冶過程中解決，這是牛津劍橋大學的特點。至於大學教授，各學系都有定額，正教授不出缺，副教授永不能升爲正教授，很有若干鬚髮已白的老教師，學術研究已斐聲國內外，而名義上仍舊是講師或是副教授，就因爲正教授沒有出缺的緣故。我們在倫敦住了二個多月，覺得大都會生活的煩擾，這次短短幾天的牛津劍橋之遊，因爲牠擁有垂楊綠柳，芳草如茵，我們在這詩情畫意，晴雨相宜的環境裏，大家詩興勃發，瑞兒口占有：

「雨過長堤草色鮮，西風猶喜柳如烟，一聲款乃數行鷺，吩咐波光勿間年」。

讀了至今爲之神往，世界馳名的大學城富有江南景色，所以能吸引着成千萬的青年學子！

訪莎士比亞故里

一個中秋節後二日，我們訪問了江南景色的劍橋大學，把鄉郊遊覽的興趣，越發提高了。繼續作英國大文豪莎翁故里的拜謁，同行的旅伴有鄭師曉滄及子瑞、希震二兄。我們在倫敦，請邀了久客英倫的承諸兄導遊，自然旅途一切順利！提起了莎翁的大名，誰都知道他是英國文學界的巨擘，全世界劇壇的祖師，他雖然死了三百多年，但是他創造了三十七部不朽的偉大傑作，正像三十七顆光芒四射的明星，永遠照亮了文藝界前進的航程。我一邊正在想今天應該如何景仰先賢？進入莎翁故居第一個印象是什麼……忽然火車停了，知已到了斯脫拉福城的車站。出站門就有英國文化會(British Council)的招待先生駕了小車來接。我們預定的旅館叫做「威廉與美麗」，在斯市的古城(Old Town)。這個旅館用莎翁的名字 William 和他母親的名字 Mary 命名，是一種極有意義地引人投宿的方法！這旅館創辦於一六九〇年，佈置相當典雅，會食堂的裝飾，完全用刀劍和野獸皮革，主人設計要顯出古色古香的意義，煞費苦心。我們一行五人，費了整天功夫，訪問莎翁的古

蹟，可以記載的：

莎士比亞的房子（Shakespear's House）——包括新地方（New Place）和莎翁的妻子安哈珊惠的屋子。此屋在一八四七年收為國有，到了一八五七年才歸還原主。在此屋中還可以看到許多依利莎白（Elizabethan）時代的木、石工程。

在橋街（Bridge St.）的轉角，有一座規寧屋（Quiney House）這座房子是 Judith Shakespeare 莎翁之女與她的酒商丈夫所居住的房子。但現在已經變成為一個茶館了。在這街另一面有一座哈佛屋（Haver House）是一座一五九六年的半木建築物。這座房子的得名，是因為凱絲玲（Katharine Rogers）早年曾居住這屋中，她後來成為哈佛大學創辦者的母親。此屋於一九〇九年由馬立斯先生（Mr. Edward Morris）送給哈佛大學，作為美國遊客的集會所。

在市府廳（Town Hall）中，有莎士比亞的像，為 Wilson 所繪。

在教堂街（Chapel St.）之底，是新地方（New Place Estate），新地方本來是史脫拉福城最大的房子，是克勞伯頤爵士(Sir Augh Clopton)由一四八八年所建成。莎翁在一五四

七年把它買下，他也就在此屋中逝世。莎翁死後，此屋幾經糾紛。在一七五七年爲加思居而 Rev, Francis Gastrell 所拆毀。

在這座屋子的隔壁有座納喜（Nash's House）爲莎翁之孫女所承繼，現在此屋已改爲「新地方博物院」（New Place Estate Museum），內包括莎翁拆毀古屋之紀念物，莎翁五十週年之紀念物，以及其他許多當地有趣之物。

在新地方（New Place）的對面，有一吉而德教堂（Guild Chapel）在一四九五年由克勞伯頓爵士重新建造；接聯着這教堂，有一吉而德堂（Guild Hall），是一座半木材的建築物。在這房子的上層有一小學（Grammar School）莎翁兒童時代曾在這裏開始受教育。我們考究他的史實，他父親叫 John Shakespeare，是一個無名的羊毛商和雜糧商。他自己既非書香家世，讀過小學之後，就自己努力奮鬥，造成了這樣一位空前偉大的詩聖，我一面欽佩他那包羅萬象的大才，同時不由地欣賞這銀色阿鳳河（Avon）環繞着的美麗地斯脫拉福鄉邨。

從教堂街（Chapel St.）到老城（Old Town），經過 Hall's Croft 這座老房子，據說是屬

於涉翁的女婿好而博士(Dr. John Hall)，我們在菩提樹叢中阿鳳河的旁邊，可以看到有名的三位一體教堂（Trinity Church)。

距史脫拉福西面約一哩之遠，與史鎮有幽靜小徑相通，是雪脫連(Shottery)爲涉翁之妻安‧哈珊薇(Anne Hathaway)的小屋，是依麗沙白式（Elizabethan）的半木做的美麗農屋，草蓋的屋頂。室內的一切還保持原來的樣子，很希奇古怪的床和其他許多紀念物，並有一個很引人的古式小花園。

此遊的感想：第一是可愛的「斯脫拉福城」眞是名符其實的可愛地(Lovely Place)，可是何以那裏獨多詩意的古蹟，那當然是誕生了大文豪莎士比亞的緣故，照我們中國地靈人傑的意思來解釋，那末這條清潔細長的阿鳳河（River Avon），曲折秀麗，靜靜地流動着，有着處女般的嫵媚，加上垂條的綠柳，拂動在河邊的綠草地帶，河上淸波，照出變幻不定的白雲，像孩子們在藍空遊戲！小麻雀不時地跳躍在林蔭花間，彷彿報道明靜的銀河「阿鳳」早已穿上淸淡的秋裝，迎接詩人們的徘徊，吟唱！

第二，英國人好保守，同時也不忘情於「新奇」，所以在斯城的建設計劃，一面盡力

保留涉翁古蹟，一面設計一個最新式的劇院，建築在富有歷史性的阿凰河邊。就是名聞全球的涉翁紀念（Shakespeare Memorial）劇院。據說這座劇院，一九二六年毀於火，後由司各得（Elizabeth Scott）重新設計建築，爲英國最現代化的劇院。專演涉翁遺著名劇，除了（Tius Androncus）一種外，都由班生爵士（Sir Frank Benson）在這個劇院演出。每到每年的演出時期，看戲的人，有從歐洲美國趕來的！可以想見名劇的轟動一時！在涉翁紀念地，還有一個紀念圖書館，藏書萬卷，除陳列涉翁遺像外，涉翁時代之名作以及涉翁生時所用夾針及手套等物，也保存在這裏。在涉翁紀念地的附近空地上，並建立涉翁紀念碑（Shakespeare Monument）。此行鄭師、瑞兄唱和佳作極多，我因爲訪詩聖有詩友偕行，似不可以無詩，所以讀了瑞兄「樂府馳名三百年，斯城韻事共流傳，徘徊不盡蒼茫意，古道西風又暮烟」一絕，就有一首續貂，記得是「寂寞詩雄年復年，千秋樂府絕新傳，飛來萬里東方客，吟盡斯城晚樹烟」。算是萬里走訪涉士比亞故里的雪泥鴻爪，工拙當然在所不計。

從舊金山到洛杉磯

美國鐵路是私人企業，各鐵路公司爲了競爭營業的發展，都從迅速、準時、舒適等等各種方便旅行必要的條件上用功夫。各鐵路公司均有營業所，可以預先定位購票。並有定期來回票出售，事先可指定在任何車站下車，此種定期票可隨時與鐵路營業所接洽，改變旅行計劃，只要在規定時間及地段內，是毫無困難的。各鐵路的臥車，由一個特設的公司所經營。我有一次坐南太平洋鐵路公司的日光快車，車廂裏有人造空氣的設備，開車時用無線電報告沿途風景，及當日重要新聞，除飯車外有酒店車（Tavern Car），有各種精美的佈置。入晚燈光眩目，男女旅客的笑語與音樂，合奏着交響曲，趣味叢生。

在一個炎炎的夏天，我從舊金山乘火車到洛杉磯，過了一整天的火車生活，不但知道美國鐵路情形的大概，再領略了美國西部幾個名城的風物，值得在這裏一寫。

早晨，八時一刻開車，我於八點鐘到站，由「紅帽子」送到一輛紅色的流線型火車裏，找到自己的座位。對號入座後，發現有一本精緻的小書，原來是鐵路公司印送給旅客

的宣傳廣告，一面是把日光號火車全程的地圖，如各站站名附近的名勝風景加以說明，另一面印着這列日光號火車的詳細行車時刻表，從這張表上，可以知道每站的哩數，車站的名稱，及每站海拔的尺數，以及附近的交通要道，風景名勝，重要工商業文化機關。因爲這日光號來往於舊金山與洛杉磯之間，每天早晨八時十五分在舊金山與洛杉磯雙方對開一次·所以兩大終點的交通情形，也有詳細的說明。

舊金山的第三街，是東南太平洋鐵路公司的車站所在地，火車從這兒開出·大約五分鐘左右，就可看到舊金山與啞侖地溝通的大橋，這是世界最長的橋，與華盛頓大橋金門大橋並稱於新大陸。這時候正當火車進入工業區，一連串的隧道沿着舊金山灣前進·那些隧道大約需要一百萬美金一哩的造價，全美聞名的大工廠，都建築在這一帶。

火車離開了工業區，向全美聞名的住宅區百靈盍（Burlingame）行駛·可愛的花園別墅·富麗的俱樂部，都是舊金山富商大賈的消金窟。

舊金山郊外的第一個城市是聖曼托（San Mateo），離舊金山十八哩·這裏是一個氣候極可愛的區域，橡樹（Oak）出產非常著名，那些建築物和住宅似乎和橡樹在爭一日之

長。林立在聖曼托境內的是住宅和公共建築，所不同的是橡樹是天然的，建築物是人造的，但是它們同樣的都歡迎良好氣候，這是牠們產生的條件。

火車沿着舊金山海灣行駛，一定要經過沿海灣最深的城，稱爲紅木城（Red Wood City），顧名思義，我知道牠是一個產木的中心，這次我的印像很好，一個龐大的植物園種植着許多花木，這裏是全國植物的發源地，每年有許多花籽樹苗運到全國各部去種植。

沿途的森林連綿不斷，再前行六分鐘，綠陰叢中掩映着一座雄偉的建築物，聽說已經到了伯羅賴托（Paloalto），車站的南面，就是那建築物所在地，完全是斯脫福（Stanford）大學的轄地。美洲最早接受海外移民是在這一帶，如果你要考古覓勝，至今還有一些遺跡可尋，譬如聖太克勒拉（Satnta Clara）地名，即是西班牙文，還有聖太克勒拉大學的教堂，早在一七七一年建築，雖然如此，西班牙人到底沒有做美洲的主人公，反被那些英國移民「後來居上」了，現在教堂依然無恙，默默的像一個久經滄桑的老人。

火車到了聖喬斯（Sanjose）才開始停車，這兒離開舊金山已有四十七哩，費時五十七分，照這樣的比例約算，大概每小時可行六十哩左右，美國火車的標準速度是（Minute

a Mile)（一分鐘行一哩），現在恰合標準速度，速率之大實在驚人。其中一個原因固然是停車的次數不多，還有一個特點，美國火車用電發動，力量當然要比煤大得多了，所以火車在美國是名不符實的。車廂外面漆上鮮紅的顏色，一律是流線型，車廂裏用科學方法自動調節空氣，門窗緊閉，不須與外界交通，各種雜聲因之隔絕，雖然車行極快，卻沒有隆隆的聲音來擾亂你的清靜。在火車將開出或將到站之前，發音器中發出一連串的報告，如「聖喬斯到了！」「再三分鐘要開車了」，叫旅客早早準備，這種聲音也不是最觸耳的。聖喬斯出產的水果很多，罐頭食品的製造尤其發達，不愧是熱鬧的實業區，附近有San Hoisay，譯音為「生活社」，完全是東方名字的譯音了，可見東方人在這裏也曾下過一番繁殖工夫的。

火車由聖喬斯開出，再行三十二分鐘，蓋羅(Gi roy)已在那裏歡迎我們了，這一個美麗的花果園，曾有多少次為攝影家所包圍，攝取美麗動人的鏡頭，而我只能匆匆的一瞥，留下的印像不及懷念來得多，似乎有些遺憾。

我國紳士有一種娛樂，是把玲瓏的小鳥，養在特製鳥籠內，供自已欣賞或者天天拾到

茶館酒肆，在衆人面前眩耀，引以爲榮。這種光榮，美國人似乎不能了解，也許是獨樂樂，與衆樂樂，所樂不同吧，他們愛把鳥養在樹林裏，任其自由飛翔。未到華遜(Waston)山谷地，遠遠就聽見啁啾的鳥鳴之聲，徒步的旅行者，三五成羣，在欣賞天然的音樂，我曾看見某書上的記載，說是西班牙人在華遜附近的賓吐湖（Pinto Lake）第一個發現紅木樹，於是華遜山谷中也種起紅木樹來。紅樹襯着綠葉，這是一幅如何難以描摩的畫景！「秋老丹楓殘照裏」，但紅木樹卻是終年常紅，永遠保存着青年的活力。

向西直行的火車，到斯脫屈羅彿（Castroville）忽然望見粼粼的太平洋水，車身向左轉灣，又隱藏在深山中了，彷彿他所留戀的不是汪洋大水，而是幽谷叢林，只讓旅客欣賞具有江南風味的山陵河（Solions River）。牠與鐵路平行，水清而且冽，每當夏秋之交，河畔的山陵斯有一個盛大的集會，稱爲Rodeo，據說這是美國人的風俗，屆時加利福尼亞州的人民，把牛羊趕到這兒來作公開展覽，牛羊就是他們全部的財產，誰的牛羊最多，即是富翁。廣場中許多奇裝異服的男女，騎在馬上來回蹓躂，誇耀自己的勇武。這種風俗雖原始，亦有一種鼓勵生產的意味，不是完全無意識的，可惜我趕不上時間來參與其盛，不

然的話，倒是很有趣味的。

火車在山陵山谷地作第二次停留，不多時繼續開行，經過沙立特（Soledad），從這個地名看來，知道當地的老祖宗，不是美國人而是西班牙人，沿途的地名，用西班牙土語極多，好像中國人在南洋曾經盛極一時，數百年後，依舊有遺跡可尋。

火車漸漸向高處爬行，快到山陵河水源了，上游的大鎮王城（King City）在雲間退去，這是出名的遊覽地方，我們因為有更好的地方要去，只能覽而不遊了。上坡路是比較難行的，火車也禁不住氣喘，我們因為早晨匆匆上道，興奮填滿了心胸，吃不下什麼東西，到這時肚中卻開始唱空城計了。

好在華貴的日光號火車中有一節特設的大菜間，終日開放，完全是極華貴的裝璜，我們進去的時候，只見穿制服的侍者，早已把菜單放在桌上，拿來一看菜單上印着的都是法文。歐美風俗，印法文表示華貴莊重，餐室內的設備，大菜的名目，都可與各都市的名菜館，爭一日之長。菜單五色繽紛，比賀年片還要講究，旅客們常喜歡帶回幾張，留作紀念，公司老闆，明瞭這種心理，大可利用，所以菜單後面，印着日光號火車的宣傳廣告，

藉着旅客的媒介，帶到各地。

菜雖說是標準的價錢，但賬單上的數目字，大得吓人，所以一般節儉的人，就自己帶一些乾點心，在車上吃，實惠多了，只有富貴大戶，才到這裏來，賞施給侍者的小賬，十分闊氣，我們因爲難得有一次，不願錯過機會，姑且享樂一下，那次共用去二元美金，爲了適應「闊氣」，給小賬四角，侍者也並沒有表示出特別感謝的樣子。後來一位久居美國的朋友告訴我，四角小賬在他們的眼裏算不了什麼，普通小賬在餐價的四分之一以上，是司空見慣的。

十二時十二分到達帕索勞勃斯（Paso Robles），海拔七二二公尺，是山陵河發源的地方，至此山未窮而水已盡，印第安人在道旁來往的很多，大致身體強健，聽說該處有一溫泉，印第安人常喜歡到那兒去洗澡，溫泉對於他們的貢獻，着實不少。

阿太克達羅（Atascadtero）照西班牙語的解釋，是深而神祕的意思，其實照我看來是並不符實的，地勢比帕索勞勃斯更高，並不見深，富有的農戶都住在這裏，生活安逸而舒服，有什麼神祕呢？車向下坡走去，漸行漸慢，無綫電中報告出第三站到達的消息，從舊

金山到洛杉磯的路程，已過去一半了。

現在車頭又向太平洋沿岸進發，到康賽伯新（Concepcion）十四哩外，可以看見燈塔高聳在太平洋上，好像一個先覺者，給人類帶來光明。

沿途那些地名，都是奇怪的西班牙語，西班牙的風俗也遺留一些在古舊的村莊裏，如蓋弗洛太（Gaviota），譯成中文是「海鷗」，小小的村落仍保持一些原始的風味，農村間的種種遊戲，常在這裏與高采烈地舉行。

三時二十五分到哥利太（Goleta），這個名字的來歷，也是因爲紀念一八二八年所造的船而定名，遠遠可以望見聖太陰河（Santa Yney）的發源地聖太陰山，西班牙的建築家在聖太陰河灣裏造了許多西班牙式的花園住宅，每年八月有一天稱爲「老西班牙日」（Old Spanish Days），西班牙人都到這兒來聚會，聖太白白拉（Santa Barbara）更是聚會的大本營。

克伯透利（Car pinteria）西班牙語是木匠店之意，原來一七六九年有人在這兒發現印第安人所造的獨木船，就稱這兒爲木匠店了。

下午中國人家吃一些食物，免除飢餓，稱爲吃點心，西洋人稱爲午後茶，火車中也有吃午後茶的地方。上面說過，我因爲難得有這個機會，無論什麼都要嘗試一下，這時提議到咖啡車裏去，人造的空氣把溫度調劑得恰到好處，音樂靜靜地奏着，有打撲克的，有喝咖啡的，有閉目靜思的。咖啡室的另一半是圖書館，舒服的沙發上躺着看書最好。無論是愛動的或愛靜的人，在車上不愁沒有去處。

三百九十五哩在匆匆中過去，火車到達文丘拉(Ventura)這出名的海濱娛樂場對於車中的人們是一個極好的吸引物，誰都想到這裏來消磨過炎炎的夏天。

五時三十四分到朋彼克(Burbank)，那兒製造飛機的兵工廠十分著名，美術照相片的出產也多，供給好萊塢電影公司，到好萊塢去的旅客在克蘭特(Glendale)下車，因爲克蘭特城旁有一個山坡，是到好萊塢去的大門。

洛杉磯(Losangeles)的聯合車站，壯美極了，聽說是化一千一百萬美金建築成的，我六時一刻到站，別的旅客早已定好住宿的客棧，只須雇車前去。我卻麻煩了，拿着行李雇一輛出差汽車，車夫問我開到什麼旅館，我說：「只要有房間空着的旅館就得了。」原來

那天恰是星期六，旅館都掛上「客滿」的牌子，我只得坐着汽車在街上兜風，車夫的服務精神相當好，幫我找完六家旅館，還是得不到休息的地方，直到暮色蒼茫的時候，承蒙第七家旅館不棄，歇了下來。

中華民國三十七年六月初版

戰後西遊記

全一冊 定價國幣三元二角
（外埠酌加運費匯費）

著者 胡叔異

發行人 蔣志澄

印刷所 正中書局

發行所 正中書局

(2400)

鑒校：自

滬・本 2/2—0.15

3.20